El susurro de la caracola

Novela

Màxim Huerta

El susurro de la caracola

mr · ediciones

El papel utilizado para la impresión de este libro es cien por cien libre de cloro y está calificado como **papel ecológico**.

Ediciones Martínez Roca es un sello editorial de Ediciones Planeta Madrid, S. A.
Paseo de Recoletos, 4. 28001 Madrid (España)
www.mrediciones.com
www.planetadelibros.com

Idea original de la cubierta: Manu Mercadal
Fotografía del autor: © Mitxel Atrio
Primera edición en Colección Booket: julio de 2012
Segunda impresión: noviembre de 2012
Tercera impresión: febrero de 2013

Depósito legal: M. 19.434-2012
ISBN: 978-84-270-3025-1
Impresión y encuadernación: Liberdúplex, S. L.
Printed in Spain - Impreso en España

Biografía

Màxim Huerta Hernández (Utiel, Valencia, 1971) es periodista. Tras licenciarse en Ciencias de la Información por la Universidad CEU San Pablo de Valencia, inicia su trayectoria profesional en radio y medios escritos de su tierra natal. Su salto a la televisión se produce en 1997, año en el que se incorpora a Canal 9. Comienza a trabajar en Telecinco en 1999, al frente del informativo regional de la cadena para la Comunidad Valenciana. Ese mismo verano pasa a la emisión nacional al convertirse en uno de los rostros de «Informativos Telecinco», en los que permanece cinco años presentando distintas ediciones. Durante ese período presenta «La noche temática de los juegos de rol» y forma parte del equipo informativo de elecciones y grandes acontecimientos, como la guerra de Irak, de Afganistán o la boda real. En 2005 da un giro a su carrera profesional —hasta ese momento siempre vinculada a los espacios informativos— y se incorpora al equipo de presentadores de «El programa de Ana Rosa», un magacín conducido por la popular periodista Ana Rosa Quintana. Formó parte también del equipo de «Queremos hablar», en Punto Radio. Màxim Huerta es miembro de la Academia de las Ciencias y las Artes de la Televisión y colabora en *Vanidad* y *Divinity*. *El susurro de la caracola*, su segunda novela, fue todo un éxito de ventas y crítica, y se convirtió en uno de los fenómenos editoriales de 2011. También ha publicado *Que sea la última vez...* y *Una tienda en París*.

Para más información:
www.maximhuerta.com
Facebook: www.facebook.com/Maximhuerta
Twitter: @maximhuerta

A mi abuela Irene, que cocinaba siempre dulce

A mis amigos, con los que comparto vinos,
chimeneas, veranos y mensajes

«Mientras tanto, María conservaba estas cosas
y las meditaba en su corazón.»
Lucas 2, 19

«Y aquella vez fue como nunca y siempre:
vamos allí donde no espera nada
y hallamos todo lo que está esperando.»
PABLO NERUDA

«¿Ahí está el mar? Muy bien, que pase.
Dadme la gran campana, la de raza verde.
No, esa no es, la otra, la que tiene
en la boca de bronce una ruptura,
y ahora, nada más, quiero estar solo
con el mar principal y la campana.
Quiero no hablar por una larga vez,
silencio, quiero aprender aún,
quiero saber si existo.»
PABLO NERUDA

PRIMERA PARTE

EL CHICO DE PAPEL

I

En la cárcel me han dicho que me quede calladita. Que cuente hasta diez y me mantenga en silencio. Uno, dos, tres, cuatro… Tal vez es el momento de ser por una vez lo que no he sido en toda mi vida, una mujer prudente. Cinco, seis, siete, ocho… Por eso, esta mañana, cuando me desnudaron para hurgarme en todos los agujeros de mi cuerpo, sentí también que acababan de hacerme la radiografía de mi vida. «Calladita estás más guapa, desnúdate y abre las piernas sin decir tonterías», fue lo primero que me soltó la uniformada. La miré con asco, con el mismo asco con el que siempre he mirado a los hombres porque todas las palabras me sonaban de viejo. Me quité el vestido manchado de mermelada, me bajé las medias, las bragas, me liberé del sujetador y en ese instante, desabrigada frente a dos mujeres armadas y cuando en el reloj de mi madre marcaban las doce horas del día de Todos los Santos, decidí que había llegado el oportuno momento de cuidar de mí misma. Y diez.

En casa me había dejado las ventanas abiertas conscientemente para que entrara aire, para que se llenara de oxígeno lo que llevaba años almidonado en el calendario de la rutina. Sobre todo para que se fuera el olor a alpiste y a pis de gato. No lo soporto, es increíble con qué fuerza se queda esta peste almacenada en las sienes y cuánto cuesta quitársela de encima, es —no quisiera escribir esto— un tufo a miseria que retrató mi vida durante años. El periquito no consiguió hablar a pesar de ser una preciosidad de colores, verde y amarillo, y eso que me había pasado horas y días sentada frente a él, metiendo el dedo untado en mantequilla para que el pobre bicho se hiciera amigo íntimo mío y repitiera su nombre de una puñetera vez. Si debo explicar el porqué de la insistencia con el animal, es porque fue mi única compañía durante días, semanas... Debía de impresionarle demasiado porque me miraba fijamente y movía el cuello dudando de mi constancia, se mojaba el pico en mi dedo, lo pellizcaba y agarrado al palo con sus patitas débiles volvía a sus ejercicios físicos de escepticismo. Qué ilusa. No aprendió nada y empecé a ponerme pasta de dientes en los dedos para que diferenciara los días amargos de los dulces. Ni con esas. Probablemente fuera sordo. O yo una obtusa. Incapaz de distinguir dulce de salado. El periquito cauterizaba mi fe en la enseñanza ornitológica con su simulado, espero, pasotismo. Así me pasaba horas, oliendo a alpiste reseco. Más tarde vino el gato, un minino que parecía bobo pero que se hizo a los dos días con el mejor espacio de la casa, el hueco entre el sillón y el balcón donde tendía la ropa. Era la zona más fresquita.

Allí junto a las cortinas colocó su morro cazador y vigilaba al periquito, meaba y hurgaba en la arena. Concluyo: también olía a pis. Probablemente, he tolerado a los bichos porque en su día fueron regalos de Gonzalo, cuando llegaba a casa armado de cansancio y de sudor y limpiaba la falta de besos con un gato roñoso y un periquito de feria. Por eso aquí no me ha dolido sentirme violentada ante las funcionarias, su actitud fue infinitamente más cariñosa que la de él, a pesar del ímpetu de la rutina con que me tocaron. Supongo que para eso me he estado acostumbrando al desapego familiar. De hecho la aversión que me provocaba su presencia en la cama se hizo invisible si yo quería. Aprendí pronto dos cosas: que el amor se puede simular y que los cuerpos son ajenos a los pensamientos. Es complicado decir con precisión, pero en mi caso conseguí dejar mi cuerpo en la cama sobornado a su lado hasta que concluyese sus cosas y salir a pasear por los tejados como una marypoppins para saltar libre y despreocupada entre los edificios o imaginar que me probaba ropas de las que había memorizado en los escaparates. Tal vez no se me ha entendido, pero mi cuerpo era mi cuerpo cuando yo quería.

La cárcel protege, estoy segura. Tanto que ya no huele a pis ni a alpiste y es mi primera victoria.

Abrigada en la celda he empezado a sacar mi colección de fotografías. Los álbumes en los que acumulo exactamente cuatrocientas cincuenta fotos plastificadas de mi idolatrado Marcos Caballero; son las fotos que he ido guardando y recopilando de mi actor favorito. La mayoría son de entrevistas que le han hecho en revistas, cosas de moda y anuncios en los que aparece. Unas veces mejor, otras peor. No puedo ser objetiva, siempre está absolutamente maravilloso. En ocasiones no le sacan tan guapo como es, pero debe de ser culpa de los fotógrafos. A veces está resultón, con ese aspecto de buena gente que le envuelve; arrollador cuando aparece de traje, más o menos expresivo si se lo propone con la mirada, cabreado o sorprendido si le pillan los paparazzis, pero siempre como un dios, mi Dios. ¿He dicho que son cuatrocientas cincuenta fotos de mi protegido? He sido una obsesiva guardando todas sus imágenes, meticulosa hasta decir basta porque la paciencia a veces la domino. He ido seleccionando aquellas en las que sale guapo o las que retratan momentos de su vida que considero importantes. Por eso hay miles de recortes que he ido tirando, porque estas que tengo plastificadas son las importantes, las que relatan su vida. Me tiemblan las manos de pensarlo...

El otro día conseguí una foto que no tenía contabilizada, una que ni siquiera sabía que existía entre su filmografía. Aparece absolutamente etéreo. Como un niño el día de su primera comunión. Digo el otro día pero creo que fue hace un mes o dos, no sé muy bien. Está posando con unas caracolas de mar de diferentes tamaños y tiene una en la mano, una más especial. En general, casi todos los días he reordenado las fotografías minuciosamente hasta acabar agotada en el recuento. Al fin y al cabo, es mi tesoro fotográfico y por eso he ido tratándolas con mucho cuidado. Es que no quiero que se me estropeen, me moriría, por eso algunas las tengo repetidas y son con las que me manejo para verle y sentirle cerca. Para tocarlas.

Simplemente repasar sus gestos a lo largo de toda su carrera, foto a foto, me ha bastado para que no sea un desconocido, para tenerle localizado y para saber el punto exacto en el que estaba su corazón. Mirándole he aprendido a distinguir cuándo estaba enamorado y cuándo no. No, no estoy loca, cuatrocientas cincuenta fotografías son pocas comparadas con las horas que no le he visto de cerca y que lo he tenido alejado de mí. Todo no ha sucedido ante mis ojos, ¡maldita sea! Yo querría haber sido testigo de toda su vida. Haber estado en todas sus clases de teatro, en los cumpleaños, haber abierto con él los regalos, ser la compañera de sus primeros secretos, de sus viajes, de los besos... o de los miedos.

Me he ido conformando la mayoría de las veces con verle a través de las fotos. Sobre todo ahora que estoy en la cárcel...

He desplegado sobre la cama dos carpetas en las que he guardado su vida separada por bloques: en una he guardado aquellas en las que aparece solo y en la otra, aquellas en las que está acompañado, esas las he ido separando. Justo en esta última carpeta es donde está la foto del otro día. La de las caracolas. Yo sabía que estaba extraño, como una desgana de enfado que le hacía tener la mirada perdida, se le nota mucho en la foto, y eso que últimamente he observado que siempre se pone gafas de sol para todo y hacen invisible su desánimo. Por eso tuve que empezar a fijarme en sus manos, en cómo las colocaba y si las agarraba fuerte o las escondía en los bolsillos. Su pose favorita es cruzado de brazos como abrazándose a él mismo.

En la cabecera de la cama, justo bajo el colchón de la litera de mi compañera de celda, he puesto con celo una foto de la primavera, es cuando suele estar más guapo de todo el año, se le nota relajado y ausente de problemas como si el año empezara ese mismo día con alguna novedad. En la primera fotografía que he pegado en la pared tiene la sonrisa auténtica, no la que pone postiza para los fotógrafos, tan mentirosa y absurda; la que se ve en este retrato es real, feliz, abiertamente feliz. Alrededor he ido desplegando otras parecidas, no siempre sale bien, pero a mí me gusta incluso cuando se le nota turbio y distraído o cuando le pillan de improviso y sale como enfadado sin estarlo. He ido coleccionando todas sus fotos haciendo una cuidada selección de las mejores y descartando las pequeñas o las excesivamente repetidas. Tengo un primer plano del estreno de la primera película, que es mi favorita, también una en la que sale girado hacia su hombro y que se le ve tan dichoso como radiante. Y otra con gafas de sol. Y una con los brazos estirados como queriendo volar que me hartaría a besarlo. Y la del balón de playa. Y la del sofá rojo. Y en la que está disfrazado de espadachín.

Y... Y... Me hace mucha gracia una serie de tres retratos en los que simula a los monos de la sabiduría, con las manos en la boca, con las manos en las orejas y la tercera queriendo taparse los ojos a modo de guiño. En el tablón de corcho he colgado una en que se le adivina sosegado ante la cámara, va vestido de camiseta y vaqueros, y aparece acurrucado en la alfombra de su casa. Al lado he puesto la del traje azul clarito que llevaba el día que salía del restaurante con los directores y una chica. Así he ido cubriendo todo el corcho con fotografías, sin dejar huecos, montando un tapiz con sus miradas. Una junto a otra según el orden con el que las he ido coleccionando para vigilarle de cerca. Es mi única tarea desde hoy, ir poniendo y quitando fotos para mejorar este escenario en el que me han metido y hacer fácil el paso de los días. Puede parecer engorroso, pero no tengo nada más que hacer, ni quiero, la verdad. Me tocará ganarme el cariño de las guardianas porque únicamente espero —y esto es de vital importancia— que me sigan trayendo las revistas. De hecho, lo que me gustaría es ser la encargada del economato o de la biblioteca, me he enterado de que existen varios reclusos incorporados al trabajo, «socialmente útil» dicen, dentro del recinto penitenciario y así me puedo evitar que sea una odisea tener que arrancar todas las fotografías que salgan en las revistas. He escuchado que hay un módulo que llaman de respeto en el que todo es distinto a este en el que me han metido esta mañana y en el que el trato es mejor y en el que la limpieza y el orden es fundamental. Haré todo lo posible desde hoy para que me cambien.

He dejado guardadas las carpetas para seguir mañana empapelando mi espacio y conseguir la sensación de que puedo verle cada mañana al abrir los ojos. Algunas prefiero dejarlas guardadas para que no se estropeen, las he barajado tantas veces en busca de sus emociones que me conozco de memoria todas sus euforias, sus zozobras y sus triquiñuelas para fingir estados de ánimo. Ahí te pareces a mí. Te pareces muchísimo a mí.

Antes de bajar a las zonas comunes he sacado cuidadosamente una foto de la carpeta azul; es una imagen que ha dado la vuelta a los quioscos a pesar de estar desenfocada. La foto me llamó especialmente la atención por algo que me desconcertaba. Se les ve fracturados, sudados... Nunca me han gustado las bocas gruesas, es un presentimiento que barrunto desde que mi abuela me dijo que al abuelo le partían la cara cada noche en prisión —qué paradoja haber imitado sus pasos—, y ahora cuando veo ese tipo de bocas hinchadas y rígidas, siento que todo empieza a torcerse. El abuelo murió por culpa de la guerra, le delataron y fue encerrado, y yo desde entonces empecé a cogerle manía a todo lo político. Mi madre, en esto he salido a ella, me mimó en el rezo diario y fue calcándome sus premoniciones. Tenía todas las supersticiones del mundo que yo también he heredado. Yo le tenía miedo, porque se olía el mal como los perros huelen el misterio y arrancan a ladrar mirando a un punto fijo. Ahora me he convertido en una mezcla de los dos, en prisión y supersticiosa. La primera vez que me barrunté que algo negativo pasaba fue en la feria del pueblo, era septiembre, no había hecho más que entrar al recinto de los pasacalles cuando, al mirar hacia la noria, empecé a oír gritos. «Un muerto, mamá», advertí. Al acabar mi premonición empezaron a oírse los gritos que había escuchado en mi interior: una niña de mi edad se había quedado enredada entre los hierros y había caído al vacío.

Esta vez, cuando vi la foto, intuí algo extraño. No me gustaba la chica de la boca gruesa.

«Módulo nueve, abrimos puertas. Salida general.»

El altavoz con el aviso ha sonado en todo el pasillo de forma metálica, no tenía origen, pero se hizo pastoso y bullicioso porque las puertas numeradas empezaron a abrirse electrónicamente para que todas las reclusas empezáramos a salir escaleras abajo en dirección al comedor. Observé mis paredes con las fotografías recién puestas y agarré una que tenía repetida para dejármela doblada en el bolsillo del chándal. Es la forma, la única forma, de que me acompañes en este nuevo lugar.

—Hola, señoras —dije al reconocer a las dos funcionarias que nos invitaban a caminar con prisa. Eran las mismas de esta mañana.

—Salgan todas hacia abajo, al comedor. —No sé ni si me reconocieron porque, aunque cruzaron la mirada conmigo, hablaban sin hacer excesivos movimientos, lo hacían de tal modo que resultaba frío.

—¿Cómo te llamas? —me preguntó una extraña de coleta y tatuajes que se unió a la fila al mismo tiempo que yo.

—Begoña Rojo. Me llamo Begoña Rojo. —Cuando me pillan desprevenida, suelo inventarme mi nombre, es una barrera que me protege ante los desconocidos.

—Y ¿por qué estás aquí? —me volvió a preguntar. Aquello era real, aquí sí que no tenía necesidad de mentir porque con todo lo que llevaba recorrido durante años, con el cansancio de los mimos mal digeridos y con el agotamiento de seguirle a él día y noche, sentirme ahora entre estos pasillos alicatados de blanco, esto no significaba una entrada al dolor, sino una salida. Llevaba meses chupando miserias, años alimentándome de las migajas del cariño de un chico que no me conoce de nada y al que conozco del todo. Prácticamente del todo. Mientras bajaba las escaleras hacia la planta baja apreté firmemente la foto doblada de mi bolsillo, sentí su cara, sus hombros, sus manos, su aroma. Me quedé callada un momento y sonreí:

—Por amor.

2

> «El cine era uno de los más grandes, de entre los muchos que había en una calle que llamaban Gran Vía. Solo ver sus grandes carteles en color, sus muchas luces encendidas y aquellas letras luminosas [...] me hicieron latir el corazón. Presentía que allí me esperaba algo nuevo.»
>
> Ana María Matute

Todo comenzó un domingo en la Gran Vía de Madrid. Un domingo de esos de agosto en los que a las seis de la tarde no hay casi nadie circulando por las calles y el asfalto parece que respira. Yo iba con unas chanclas de goma, lo recuerdo porque me provocaron dos rozaduras que años después han quedado marcadas como dos premonitorios estigmas. En el cine Avenida estaban colocando unos carteles gigantescos anunciando una película de estreno, *Los días más felices* (ESTRENO 29 DE AGOSTO); me quedé embobada desde el otro lado de la calle, bajo un entoldado que me daba cobijo instantáneo, pero sobre todo sombra. La maniobra de los cartelistas era muy lenta y excesivamente mecánica, pero me estaba resultando entretenido ser la única espectadora de la composición de aquel gran cartel. De hecho, soy boba, miré a los lados de la Gran Vía para ver si era la única que estaba prestando atención a aquella lenta y organizada función de montaje en la fachada. El ajuste en vertical sucedía tan pausado que daba la sensación de que el cartel no se modificaba apenas, los obreros subían y bajaban con cuerdas trozos del puzle fotográfico que les habrían encargado montar. A ellos no les deparaba sorpresa alguna la suma de todas las piezas, a mí sí. Por eso me quedé apoyada en la pared a la espera del resultado. De pequeña era de las que elegían una cifra muy alta y contaba del revés hasta que me cansaba, cuando no podía más, sumaba las cifras resultantes y decidía que ese sería el número de la suerte de ese día. Así que estaba acostumbrada a esperar por muy parsimoniosa que fuera la tarea. Esperar es lo único que he hecho en la vida. El cartel me había conquistado porque, aunque solo podía verse la mitad del título del letrero y un enorme ojo de color verde, era un verde en el que me sentí cobijada.

El calor de aquella tarde de agosto era asfixiante y debía de serlo mucho más para los montadores del anuncio, pero cuando la cara del anuncio quedó totalmente formada..., me recorrió un escalofrío helado. La calle se me hizo enorme. Sentí que se batió a mis pies una convulsión seca, como si hubieran sacudido la Gran Vía a modo de alfombra. El cartel me zarandeó todas las emociones de agosto. Tuve que moverme del sitio en el que estaba y menearme precipitadamente en busca de aire, había perdido la respiración normal. Mis pulmones se habían vaciado sin darme cuenta, estrujados sin oxígeno por una mano ajena, y la agitación me impedía volver a fijarme en el chico de papel. Me estaba ahogando. Por más que intentaba coger aire apretándome fuerte en el pecho para volver a mirar el anuncio definitivamente compuesto, me era imposible. Me apoyé en una de las papeleras de espaldas a su belleza como si todas las fuerzas físicas se me hubieran escapado por los desagües de las aceras. Al llevarme la mano a la frente noté que estaba temblando nerviosa y me desvanecí empapada en sudor.

Minutos después, al incorporarme del suelo, era incapaz de pronunciar todavía su nombre. Me acordé de mi casa, de mi habitación con los cuadros de mamá y recuerdos alojados en los estantes, de la ventana que daba al patio de los gatos; incluso creí escuchar la voz de la abuela con su campanilla de aviso para comer que me devolvió el olor a guisado como si el humo de entonces todavía estuviera alojado en mis ojos impidiéndome ver lo de hoy. El calor era el mismo, tal vez más por la hora, pero me parecía que se apagaba de pura felicidad al saber que todo estaba sucediendo de verdad. En esto vi que había perdido una de las chanclas con la conmoción, la busqué con la mirada y me di cuenta de que se había quedado bajo el entoldado donde antes, tranquila, me había apoyado para ver la faena de los obreros. Sin separarme de la pared, más pegada que antes para sentir la columna segura sobre mis pies, y como si llevara un siglo conteniendo la respiración, levanté de nuevo la vista hacia la luminosa fachada del cine Avenida. Bajo el título, *Los días más felices,* apareció la sonrisa más bonita del mundo: Marcos Caballero. Me había olvidado de Dios.

Durante los tres días y las tres noches siguientes pasé por la puerta del cine para mirar su cara. Con el cansancio de quien ha descubierto el sentido de su existencia, me quedaba analizando cada palmo del cartel como una recién enamorada por un flechazo y conforme pasaban los días establecí una conversación imaginaria con la foto. Estática al otro lado de la acera, ajena al tráfico, le hablaba de mi vida, de todo lo que había pasado, de donde nací, incluso de las veces que había estado enamorada. Estaba hablando con un póster de Marcos Caballero en plena Gran Vía y no me importaba. Supongo que alguno de los que pasaban me vio como una descerebrada sin casa que se pasaba las horas aquejada de gestos absurdos en esa conversación muda. Estaba tan guapo que era imposible no contagiarse de su monumental sonrisa de papel y alojarse en ella. No solo eso, sino que tenerle allí enfrente me hacía inmensamente feliz, me cambiaba mi visión del mundo y me desempolvaba de un montón de años de abatimiento. Es como si me hubieran dado un meneo por la espalda y me hubieran dicho a gritos: «Estás viva, mírale». Me acababa de quitar de encima esa amargura que algunas mujeres tenemos atrapada en diagonal entre el pecho y la sien. Pero volvamos a aquella tarde de agosto. Como estaba loca de la emoción, decidí seguir estándolo y plantarme bajo los obreros a pedirles alguna copia del cartel.

—¿Qué pasa? —gritaron desde las escaleras.

—Que si tenéis la foto del cartel en pequeño.

—No.

—Puedo esperar, no me importa.

—Que no, que no tenemos.

—¿Por qué?

—Porque... Que no tenemos y punto.

Como no tenían, eso me dijeron para quitárseme de encima, se me ocurrió buscar una tienda de regalos para turistas en la que vendieran una de esas cámaras desechables que acababan de inventar. Resultado, acabé por la calle Mayor sudada y acelerada por las prisas, pero con la cámara en la mano y de vuelta al lugar más importante de Madrid. A esas horas, se estaba haciendo tarde, la Gran Vía ya tenía más trajín de gente y no había manera de sacar una foto decente de Marcos. Marcos. Qué bien sonaba: Marcos Caballero.

Sería una estupidez decirlo en voz alta. Marcos Caballero. Al intentarlo me salió desarmado y arrítmico como el tartamudeo de un borracho.

Tal vez no me había repuesto de la ilusión porque —y esto que voy a decir es muy frecuente cuando me atacan los nervios— impulsiva soy una total desconocida incluso para mí. Así que toqué al timbre de una oficina de seguros que tenía los balcones a la altura directa frente al cartel; se me ocurrió que era la única manera de conseguir una foto perfecta, cara a cara con Marcos. Con el exceso de entusiasmo podía haber esperado a otro día, pero decidí hacerlo aquella misma tarde. Permanecí quieta en los timbres, temiendo que no me abriera nadie o que me preguntaran más de lo que se me puede ocurrir con la imaginación. Sin embargo, santa Rita a veces se pone de parte de los optimistas. Me abrieron, me atusé el pelo sudado y subí por las escaleras pensando que era la mujer más esperanzada de la tierra, al menos de Madrid.

—¿Qué desea? La oficina está cerrada.

—Vengo a mirar. Quiero pedirle un favor.

La señora de la limpieza intentó cerrar la puerta porque presintió que iba a agredirla al verme sujetándome al marco de la puerta y con una zapatilla agarrada en la mano amenazante. Todavía no me había calzado y andaba con la chancla sin poner, ajena a la pérdida de conocimiento y de sensatez.

—Perdone, es que venía corriendo.

No sé qué le expliqué, ni cómo. Pero Julia, la señora, comprendió el porqué de mis prisas y de mi aturdimiento en dos segundos. Supongo que escuchó todo lo que era incapaz de decir y no intentó averiguar nada más para lo que yo no tenía justificación que darle. Una loca que quería fotografiar al galán. Una fan absurda que acababa de despertar de su monotonía vital con la presencia del actor en la Gran Vía y que en cuestiones prácticas solo quería sacar una foto desde la balaustrada. Avanzando por el pasillo de las oficinas alcancé enseguida las puertas que daban a la calle, la señora abrió una de las hojas y me dijo: «Ahí está». Distinguió el nerviosismo de mis manos, porque me acarició la espalda con los guantes de látex de limpieza. Áspero y chocante. Lo recuerdo especialmente porque se me hizo ridícula la sensación que tuve, su tacto de plástico me pareció fantasmal, como si la señora no existiera, como si me hubiera abierto las oficinas algún espectro enviado por Marcos.

Los cincuenta minutos que pasé mirando el cartel desde la posición más privilegiada fueron los cincuenta minutos más epifánicos de mi vida hasta ese momento. Julia se apiadó de mí al verme, supongo que no era más que una mujer desprovista de misterio y llena de fantasía. Estuve paralizada en la barandilla sin parar de llorar, sin parar de llorar, sin parar de llorar. Tal y como anunciaba el cartel, eran los días más felices. Decidí que iba a vivir por él, que iba a saberlo todo de él, que iría donde fuera él, que conseguiría conocerlo y contarle toda mi vida, que me lo ganaría a besos, que me hartaría de abrazarle, que dejaría de ser un desconocido para mí desde aquel mismo instante.

—Estoy un poco mareada.

—Pero, hija, ¿no ves que hace una calor horrorosa y llevas una hora mirando el cine?... Te va a dar algo.

—Ya me ha dado. ¿Tiene agua?

—Me imagino: anda, pasa.

El suelo era de moqueta verde, no sé por qué recuerdo esto.

—Coge un vasito de agua. A ver si se te va a torcer la cabeza.

Me puso la mano en la frente.

—¡Pero si estás fría! Díos mío, con la calor que hace.

—¿Me dejará venir otro día? Si no le importa, me gustaría volver al menos antes de que quiten la película del cine, antes de que se lleven el cartel.

Ella solo dijo: «Bueno». Y me despidió.

Antes de abandonar la habitación me detuve frente a la ventana, miré un instante para amarrarlo todo en la memoria. Luego, me di la vuelta, besé a la señora y salí. Sentí un ligero mareo otra vez. Julia pareció entenderlo todo enseguida.

En la calle era una fan vulgar, otra más de las que a partir de hoy iban a quedarse mirando su foto, pero desde ahí arriba se acentuaba la privacidad de la mirada de frente, más mía, más próxima. No tomé nota de aquella revelación porque, como me dijo Julia, el calor seguramente me estaba afectando demasiado. Tanto que había olvidado hacer la foto para la que había subido en un primer momento y tuve que volver a llamar desde el portal para volver a subir, volver a atravesar las mesas de los ordenadores, volver a asomarme al balcón, volver a llorar y... hacer la foto.

Esa misma noche, en la cama, no dejé de dar vueltas, incómoda por el calor. Estaba totalmente desvelada, con una losa que me aplastaba las pocas fuerzas que siempre tengo. (Las pocas fuerzas que en ese momento me quedaban.) Hubiera sido la mujer más feliz del mundo si esa noche hubiera dormido con él a mi lado. Claro. Pero no. Si lo pienso, tampoco hubiera dormido. Lo que deseaba era que se hiciera de día para volver a escaparme a la Gran Vía y seguir mirándole aprendiendo de él hasta que se hiciera el día del estreno. Encendí la luz varias veces, la cámara estaba en la mesita de noche, esperando ser revelada. Él estaba capturado dentro. Moviéndose en pequeñito por el carrete. Un guiñol chiquito que me miraba. Caminando minúsculo en color..., todo esto pasaba por mi mente, rápido, como alucinada por el insomnio. Estaba agotada, tenía que dormirme por necesidad. Giré diez mil veces en la cama, suplicándole a Dios por él como si quisiera decirme a mí misma que yo sola no podía conseguirlo. Soñé con Marcos toda la noche sin llegar a cerrar los ojos.

3

Sonó el despertador sobre las siete, sentí que no había descansado casi nada porque vi pasar todas las horas y todos los minutos en la manecilla del reloj fluorescente... Tenía la boca seca y la camiseta pegada a la piel, llena de marcas calco de las arrugas de las sábanas. Quizá debía anular las citas con las vecinas, pero me lo quité de la cabeza con una ducha fría que me volvió al principio de los tiempos, alejándome de aquella postración. Resultó que mi vida había girado de golpe con una fotografía del tamaño de un edificio (¿o debería decir del universo?), pero me había provocado un decaimiento físico que nada tenía que ver con la bombona de optimismo que había crecido en mi cabeza.

Esa mañana me esperaba la rutina de la visita a las vecinas para hacerles la manicura, la pedicura, y asearles la ropa con remiendos y dobladillos como cada día desde que llegué a Madrid. Había heredado la máquina de coser Singer de mi abuela y era mi sustento para pagarme la luz y la comida. Quiero decir que me estaba convirtiendo en ellas, que me estaba convirtiendo en mi madre, de la misma manera que mi madre se había convertido en su madre y yo, en mi abuela. Te lo venden como una semejanza con la familia, como que todos nos acabamos pareciendo, pero no es más que la cadena genética imposible de romper. Una se queda suscrita a sus genes como pegada al destino y no hay manera de emprender la huida por otro camino, se hace imposible. Descubrí que a mí se me había hecho imposible y que la Singer me había colocado en mi misión. Mi mundo. Mi territorio diario era un barrio en el que algunos días de invierno nos quedábamos aislados por la falta de transporte y los días de verano, como este, nos veíamos abocados a asomarnos a los balcones en busca de aire. Recuerdo que las gallinas en el corral de mi madre se asomaban al pienso igual que ahora nos asomábamos nosotros en los patios de luces, buscando la vida. Yo tenía diez años, ahora bastantes más. Pero, igual que entonces, cuando no conciliaba el sueño, tenía que levantarme e ir a la ventana para buscar la luna en el cielo a modo de sosiego. Quién me iba a decir que aquí en la celda me provocaría el mismo efecto, como si en el fondo el satélite no hubiera dejado de ser una gran pastilla para dormir.

Las personas más cercanas a mí eran la Teresa y la María Luisa. Quedaban en casa de la primera, que tenía un salón más grande, para que yo les arreglara los pies y las manos.

De este modo tenía conversación y dinero. Ellas me organizaban la agenda y me buscaban casas para ir a arreglar desechos de ropa que ni yo misma me pondría y que yo zurcía a regañadientes. A veces tenía suerte y me encontraban encargos de «señoras»: recomponer cortinas, remendar batas o cabecear toallas de puntilla. Las «señoras», así las llamaban con retintín, pagaban mejor y se quejaban menos.

—Esta no ha tenido suerte con sus hermanos, qué cosas, con lo bien preparado que dejó todo su padre —murmuraba la Luisa, siempre cotilla, a la Tere mientras yo le sujetaba la mano derecha en mis rodillas.

—¿La del octavo? Está perdidica.

—A mí no me extraña, no debía haber aceptado, con el sargento de marido que tiene.

—Lo decide todo. Once veces, exactamente, les he visto reñir en la escalera.

—Él tiene un temperamento... ¡Con lo pequeño que es! —Cambió el tono de voz—. Ponme el rojo fresa ese del otro día.

—No me lo he traído —contesté asida a su mano.

—Pues venga, el que lleves. Pero me cobras lo mismo.

—Oye, podíamos ir al cine —soltó la otra.

Casi quité las manos de sus manos, como si hubiesen descubierto mi nuevo secreto. Me había quedado agarrotada frente a la Luisa con la lima de uñas en su anular, evitando el olor a pies de la otra, que se acababa de descalzar.

—Coge el periódico, Tere, mira a ver qué echan nuevo.

—¿Has visto alguna buena? —me preguntó.

—No. No voy al cine desde hace no sé cuánto...

—Pues esta tarde miramos algo, Luisa. Una de chicos guapos.

—Qué boba eres. —Y se echó a reír.

Recordé la fachada del cine Avenida. *Los días más felices*. No sé qué extraño escalofrío me daba el recomendar la película, como si me fueran a arrebatar al chico, como si fuera la única que hubiera visto el cartel.

—Tienes que llevarte una bolsa que te he dejado en la cocina —me recordó la Luisa—. Son coquitos. Ya sabes que cuando me pongo a hacer no paro.

—A mí también me das unos pocos..., que sabes que me gustan.

—Vale. Luego los cojo —le dije—. Si quieres te arreglo la cocina.

—Pues mira, sí, que la he dejado hecha un cisco.

—Yo me hice ayer un pollo con mostaza que leí en la revista... ¡Fácil decían que era! ¡Esos no lo han hecho nunca! Además, yo no uso nunca los chismes estos.

—¿Qué chismes?

—El microondas.

—Si es fácil.

—Será para ti, chica, que eres moderna.

—Yo guardo las recetas, me las recorto —les dije sin levantar la mirada de las uñas de la Luisa—. No están mal.

—Pues serás la única, porque las recetas de las revistas siempre son unas jeringonzas de no te menees.

Acabé con la Luisa y me puse con la Tere, que había estado mirando la cartelera en la mesa camilla.

—Echan una del vasco ese, el que hizo la de las mariposas.

—¡Esa nos gustó!

—Hay una de Maribel Verdú. Será buena. Seguro que se meten con Franco.

—Será de la Guerra Civil, eso es lo que será. Quita, busca otra.

—*Los días más felices,* es nueva. En el Avenida. Así nos tomamos un algo en el Nebraska, nos pilla bien.

Callé.

—Se te ha caído algo del bolso... —me dijo la Luisa cuando me levantaba.

—¿Una cámara de fotos? ¿Dónde vas con cámara de fotos?

Antes de contestar abrí la bolsa de los coquitos y probé uno.

—Están buenos. Me tienes que dar la receta.

—¡Pero si te la sabes de memoria! Anda, cóbranos y llévate los encargos, están en la entrada. Y deja, que ya haré yo la cocina.

—Hasta mañana.

—No, mañana no vendré.

A partir de entonces, me convertí en una embustera. La idea de que podía conocerle no me dejaba concentrarme. Así fue, el día del estreno llegué la primera a la barrera que habían puesto en la acera del cine, me quedé pegada a la espera en la parte derecha evitando así el golpe de sol que daba de espaldas, por eso busqué el punto con mejor visión y menos solana. Me llevé una bolsita con galletas dulces y una botella de agua en el bolso para soportar la espera, la metí en el congelador la noche anterior y así, convertida en un bloque de hielo, podía aliviarme todo el día de canícula veraniega. Los de seguridad me sacaban de quicio con su exceso de profesionalidad porque cada diez minutos me recordaban que «eso» empezaba a las diez de la noche, que quedaba mucho, que si iba a esperar allí mientras organizaban las puertas y pegaban al suelo una alfombra roja que parecía de fieltro. A todo les decía que sí, que yo me quedaba, que había llegado de lejos, que se olvidaran de mí, que no quería perderme «eso». Las nueve de la mañana podía parecer muy pronto para estar rondando la entrada del Avenida, pero era la única forma de no estar comiéndome las uñas, o mejor dicho, de no estar haciéndoselas a María Luisa y a Tere, las vecinas que tenían cita aquella mañana otra vez. Les dije que estaba enferma y dejé las persianas semibajadas. El Día Uno de mi nueva estrategia no podía haber empezado mejor. Una de las hijas de la Tere, al cruzármela en la parada de metro, me preguntó y le dije que me iba al ambulatorio, que tenía las tripas revueltas desde la noche anterior.

—Es esta calor que mata, entre el resol del día y que no se puede estar en estos pisos, me estoy finiquitando...

—Mejórate —me dijo—, ya le diré a mi madre que te vas al médico, que no vendrás a casa hoy.

Me aseguré de poner gesto de angustia al decirle adiós a la muchacha. Iba con mi blusa turquesa y mi falda nueva, una que me hice con los retales de un pantalón del marido de la Luisa, que siempre tenía telas de sobra. Puede parecer extraño, pero, arreglada para ir al médico, no levantas sospechas porque las mujeres de mi barrio siempre nos hemos arreglado para ir al ambulatorio o para ir al centro, tanto vale.

El público empezó a llegar sobre las ocho y media de la tarde, en su mayoría niñas y madres, jovencitos, todos fans del chico de papel. El griterío empezó en ese momento, surgía de forma improvisada en cuanto alguna enloquecida avistaba algún coche que se paraba a las puertas del cine y sospechaba que podía llegar. Primero me entraba risa porque parecía que gritaban «¡Tierra!» y decenas de grumetes se ajetreaban en cubierta en busca de Marcos. Sucedía cada cinco minutos sin más motivo que la sensación de su llegada inminente, como si las ganas de su presencia nos hicieran verle en todos los que se acercaban rodeados de gente vestida de traje. Me dije: «¿Pero qué coño estoy haciendo aquí?». Estaba en la puerta del cine, tenía calor, estaba llorando como una niña, no sabía si era el mejor lugar del mundo, me preguntaba qué hacer, si escapar o quedarme. El caso es que cada vez sentía menos vergüenza, se me evaporaba ese pudor molesto de verme en la concentración de admiradoras. Porque, no sé cómo, la segunda vez que empezaron a alborotar de nuevo con su nombre me uní al griterío para liberarme de las tensiones. Rugíamos sin control, escandalizando a los que pasaban por la Gran Vía, que nos miraban atónitos, unas veces aplaudíamos y otras nos daba por dar vivas que parecían bramidos animales. Era la forma de sentirme una más del grupo, aunque lo que quería, lo que me pedía el cuerpo, era echarlas a todas de un rugido y quedarme yo sola con él a las puertas del cine. Quizá había más y mejores admiradoras de Marcos Caballero, pero yo me sentía obviamente única, le acababa de encontrar y tenía mil y una razones mejores para quererle. Mil y una razones para que me quisiera. Era mi actor favorito.

A una de las chicas se le cayó una foto al suelo, era similar a la del cartel, parecía de aquellos promocionales de mano que guardaba mi abuela en la despensa con caras de famosos de Hollywood o retratos de escenas míticas del cine en tecnicolor. Me agaché entre la marabunta de niñas y me la guardé en el bolsillo izquierdo. Esa fue mi primera foto de la colección. Aún tenía por revelar las que hice del cartel.

—Qué guapo es, ¿eh? —dijo una de las crías a mi lado—. Es ideal.

—Es ideal —repetí.

—Eh, mirad quién viene también... Es uno de la película.

—Qué flaco.

—Pero, tía, de qué vas, está buenísimo.

—A Marcos me lo follaría.

—¡Me lo como!

—¡Marcooos!

Una tras otra encadenaban comentarios acerca de su culo y de su cuerpazo sin ninguna moderación. Era la primera vez que escuchaba semejante retahíla de piropos chuscos en niñatas de coleta y minifalda. Todas me parecían iguales, amantes novatas del actor de aspecto primerizo y muy muy muy chillonas. No cesaban de gritar, hambrientas y febriles, levantando los brazos y compitiendo en osadía con las compañeras. El alboroto iba y venía desde la canallesca instalada en la primera fila hasta contagiarse a todas las muchachas del final, que, en peor sitio, esperaban ansiosas la llegada de la estrella. Yo al principio me vi ridícula y solitaria entre el bullicio de gatas, pero la emoción se sostiene a veces en pilares firmes que apenas tiemblan. Por eso me uní al fandango de las niñas sin rubor.

—¿Te gusta? —me dijo una de ellas, molesta ante mi privilegiado lugar en primera fila.

—Supongo que igual que a ti.

—Eres la fan más mayor que conozco, qué guay.

Ha querido decir «vieja», pensé.

—A nosotras nos encanta, nos encanta. Me lo como. Marcos: el más guapo, ¡mira qué ojazos tiene!

—Verdes.

—Es un verde superespecial —matizaron.

—Y tan especial.

—¡Y qué culazo, tía! ¡Hello, Marcooos!

—¿Qué ocurre? ¿Qué te pasa? —me dijo una de las locas.

—Nada, estoy llorando. Es de alegría.

—Ya, tía, qué bueno que está… ¿Cómo te llamas?

—Me llamo Isabel —contesté. Como ya dije, en estos casos, cuando la situación es así, siempre me invento un nombre.

—Es superemocionante que también os guste a las mayores, ¿no?

Si alguien pudiera decir, volviendo la mirada atrás, que ha sido feliz en el ridículo, bien seguro que yo lo fui. Yo lo puedo decir bien alto. El amor, si sirve para algo, es para amar sin vergüenza, si no, no vale para nada. Fue exactamente lo que hice aquel día, porque el miedo es mal amigo de la necesidad. Me vi estirando los brazos para tocarle haciendo añicos mi vergüenza, me atreví a gritar dejándome la garganta en cada «Marcos, Marcos, Marcoos» y sobre todo aposté por rozarle para que viera que yo estaba allí, que me tenía, que quería contarle mis cosas, que quería explicarle mi vida en un solo segundo. Ahora lo recuerdo mejor, muchísimo más claro, porque en ese intante la cantidad de lágrimas que malgasté al verle llegar a la multitud me hicieron perderme su mirada. No sé bien si me miró, si su sonrisa de agradecimiento a los cientos de fans que estábamos en la Gran Vía rebotó con la mía o si conseguí que se entendiera mi «cuánto te quiero». Ignoro lo que pasó, se dice que las emociones son imposibles de describir, necesitamos creer que pasó, cómo lo recordamos o cómo quisimos que sucediera. Quizá por eso lo he mitificado y solo me recuerdo volviendo a casa apretando la foto de Marcos contra mi pecho y con la respiración agitada: «No sabes cuánto te quiero. Tengo planes para nosotros dos». Lo dije masticando las palabras sin miedo, ajena a que venía caminando hacia mi portal sola. Sola. Había empezado a hablar sola, como si tuviera todo el eco atrapado en los intestinos y necesitara hablar más que pensar. «Tengo planes para nosotros dos.» Al decirlo me liberaba de la tensión y de las ganas de estar a su lado y agarrarle de las manos. Me dolía el pecho y me escocían los ojos. Es lo único que recuerdo medianamente.

Se me olvida casi todo. Solo con decir su nombre me siento bien.

4

Tardé dos días en pisar de nuevo la calle de Marcos Caballero. Cuando acabó el estreno aquel 29 de agosto, esperé a la salida del cine y les seguí hasta la fiesta posterior que celebraron en una sala cercana (de este modo no me despegué de su *troupe)* y esperé durante horas en la acera de enfrente. Aquella noche Marcos llevaba un traje negro, con zapatos negros y camisa negra, de la fiesta salió con unos pantalones vaqueros, una camiseta blanca y unas zapatillas del mismo color. Cuando abandonó el local, le seguí hasta su casa. Fue entonces cuando sorprendentemente me descubrí a mí misma más serena —ninguno se dio cuenta de mi presencia, seguramente ebrios—, y me convertí en una sombra de su figura. Para mí acababan de empezar los títulos de crédito de la película, la mayoría de las veces presagio de la incertidumbre. Ángeles Alarcón era yo. La protagonista más desconocida de mi barrio, la mujer con más secretos enquistados en la memoria, la que dejaba colar a las vecinas por esperar un rato más en la cola, la huidiza, mentirosa por necesidad, la soñadora, la mujer que entraba sola al cine aunque fuera acompañada, la que compraba comida de gatos y alpiste, la que soñaba con ser Audrey Hepburn en cada joyería... Me había aprendido las frases de todas las películas y retenía diálogos enteros. Ahora Ángeles Alarcón tenía todos los títulos de crédito delante de sí misma, pero en secreto. Esa noche de estreno dejé atrás a la mujer miedosa y tantos años solitaria para dedicarme solo a él.

Marcos era delgado y tonificado a la manera de un deportista de élite, tenía —ya lo he dicho— los ojos verdes. Su pelo cogía algo de alboroto cuidado que caía sobre la frente de medio lado; de espalda ancha y paso firme, a veces simulaba que daba patadas a las cosas por la calle. En cualquier caso, solía jugar a caminar bromeando, de esos que están invitados por la vida y tienen algo de impetuosos. Todo esto lo imagino yo ahora porque, aquella noche de fiesta en la que averigüé el lugar donde vivía, le acompañaban a su casa varios miembros del equipo de la película —imagino—, que continuaban hablando del tema protegiéndolo de los extraños de la noche.

—Creo que es la noche más emocionante de mi vida.

—Eres la hostia, tío.

—No imaginas cómo me siento.

—Yo medio borracho. Tú es que no has cogido una copa.

—Quería vivirlo. Es que no quiero que se me olvide. ¡Es mi sueño!

—Había cada tía..., acojonante, eh. Joder, qué bestial.

—En la puerta era como los estrenos de los americanos. ¡No voy a pegar ojo!

—Joder, ¡y es tu primera película!

—... Buff..., menos mal que no he bebido. ¡Estoy feliz!

—Pues grítalo, coño.

—¿Aquí en la calle?

—Grita.

Marcos cogió aire y gritó: «Estoy feliz, ¡¡feliiiiiiiz!!». Sonó tan fuerte que el eco entre los edificios hizo que vibrara toda mi piel.

—¿A qué hora quedamos mañana? Estoy muerto.

—Ya te dormirás una siesta en el coche.

—Había una que me gritaba tequieros.

—Ni me he dado cuenta. He entrado como un zombi en el cine detrás de ti.

—A empujones, dirás. Recuerda lo de mañana.

—Lo que quiero es recordar lo de hoy.

Era la primera vez que escuchaba su voz. Tal vez iba borracho, tal vez era la noche, pero sonaba tan adulto, tan mayor, tan sereno... Su voz resonaba como ciertos pasos en ciertos callejones: seguros, firmes, sigilosos.

—Por cierto, ¿te fijaste en la música de los títulos de crédito? —añadió Marcos ya en su portal—. Es como una versión de *Moon River.*

—Sí, aflamencada. Anda, duerme. Te veo mañana.

—Me subo a casa.

—Buenas noches, estrella.

—... ¿Es verdad que me gritaban tequieros?

—Sobre todo una de primera fila.

—¿Y qué más?

—Anda, vete a dormir. Hasta mañana.

En este punto de la noche, Marcos abrió la puerta y se coló en su casa. Yo me quedé esperando silenciosa en la parada del autobús, fingí sentarme a la espera apoyada en la propaganda. Unos seguros del hogar que garantizaban mucha felicidad para toda la vida con una paradisiaca playa dominicana y una sonriente familia en primer plano. «Aseguramos su felicidad.» Yo la acababa de asegurar también. Marcos apareció de nuevo en su balcón. Bueno, su silueta recortada al trasluz de sus cortinas. Tomé nota de la dirección exacta y salí hacia casa como una absurda, pero campante y segura de lo que estaba haciendo. Por fin era una absurda feliz.

Ya eran las siete y media de la mañana, me compré unos churros en uno de los bares cercanos que estaban amaneciendo a la clientela. Rocablanca. Y ahora es cuando tengo que decirlo, compré los churros porque los vi humear en el ventanal del bar al mirarme de reojo en el cristal. Estaba agotada y el sonido de la persiana barriéndose hacia arriba me despertó súbitamente. Me quedé parada ante el aroma de los aceitosos churros como una Audrey Hepburn convertida en Holly Golightly ante mis propios brillantes. Por eso empecé a tararear *Moon River* mientras encendían las luces de la cafetería y me brindaban los buenos días desde dentro dos camareros. De tanto sueño no estaba para cánticos, pero hice un esfuerzo para completar la escena que estaba imaginando en mi cabeza, lentamente pasé al interior del bar y me apoyé en uno de los taburetes que se alineaban en la barra. En voz muy baja, como si no quisiera molestar al camarero, dije:

—Unos churros, por favor.

—¿Café con leche?

—También.

Y me salí de nuevo al escaparate/ventanal como si me hubiera poseído la Holly madrileña que habita en todas las mujeres que paseamos solas por la capital. No me hizo falta bajarme las gafas de sol hasta la punta de la nariz para darme cuenta de que, por fin, me había convertido en la protagonista de mi propia película. De hecho nunca he conocido, hasta ahora, a una mujer que no quiera ser la protagonista de un cuento de hadas y tirite de amor por un amor imposible. O posible. Fundamentalmente tiritamos de amor cuando existe la posibilidad de que se haga cierto y, asustadas, acabamos enredadas en la historia que se cuela por el deseo inmaduro de las Hollys.

Con los churros en la mano me volví a mirar en el reflejo, más próxima que antes al vidrio, y fantaseé con la idea de que una cámara de cine me grabase detrás de mi espalda con la música de inicio de la película. «Moon river, wider than a mile. I'm crossing you in style some day...» Me vi desde fuera de mí. Había esa luz que solo aparece en las películas de lujo, amor y fantasía. La calle yerma de gente y yo frente a mi reflejo como única compañía masticando unos churros aceitosos. Al igual que Holly, llegaba de una fiesta que no era mía, pero, a diferencia de ella, estaba desayunando churros como simulados diamantes. Esperé el amanecer como los marineros esperan la hora de llegar a puerto; una luz, la del balcón de Marcos encendido y apagado después, me sirvió de faro para sentir que mi vida empezaba a ordenarse en el número exacto de una calle de Madrid.

5

Mi compañera de celda me mira mal. Tampoco me resulta extraño porque estoy acostumbrada a que me miren mal toda mi vida. Mi padre gritaba a mamá día sí día también. Y la cocina fue el refugio en el que, como esta celda, macerábamos peras al vino, hacíamos conserva de tomate dulce o guardábamos uva en sal para convertirla en agraz. A mi madre le gustaba cerrar la puerta con la excusa de que no salieran los humos, pero yo sabía que era para protegernos de otros humos que habitaban en el salón. Él, mi padre (no puedo llamarle «mi padre» en voz alta, no sé cómo consigo escribirlo), tosía escupiendo y eructaba apoyado en la ventana, a la vista de todos. Y fumaba, y fumaba, y fumaba.

Gaby, la colombiana que está instalada conmigo, tiene treinta y tres años pero aparenta los míos. Tiene la tripa descolgada y las manos secas. Me mira mal, pero no quería decir que me mira mal, apenas abre el párpado izquierdo.

—Me lo rompieron antes de entrar aquí.

Mi madre también se curó durante semanas una herida en la ceja que cicatrizó mal de puro profundo que era el corte. Se lo curó ella sola porque no quiso ir al médico. Me dijo que se había golpeado con la cabecera de la cama al levantarse de madrugada, pero era mentira. Siempre mentía. Y esto lo he heredado de ella. Mentir me protege. Aquella noche escuché el golpe seco desde mi habitación. Pero no era el impacto de una persona al caer sobre la madera. Fue él, como tantas otras veces. Yo empecé a dormir con la puerta de mi cuarto cerrada, no quería —no soportaba— escuchar los gritos mudos de mamá al retirarse de los fuertes bofetones y porrazos. Me tapaba los oídos y formaba un eco interior murmurando letras y números. Diez, nueve, ocho, siete, seis, cinco..., contar me ha vuelto a salvar de la desesperación aquí también.

El día siguiente lo pasé también, casi entero, con la esperanza de verle. Paseé un rato por su barrio para hacerme a la vida que le rodeaba y me compré alguna cosa... Una libreta para ir tomando notas de horarios, entradas y salidas de Marcos; la verdad que para no ser detective me parecía la primera regla que debía cumplir. Amén de la invisibilidad. Metí la libreta en mi bolso. El barrio era muy distinto al mío. La gente era más joven, más guapa. Y todo estaba lleno de escaparates que escondían los precios de las prendas. El horno era un espectáculo para la vista, no había visto cosa igual.

Era un derroche de variedades de pan, con tonos diferentes, más o menos tostado, y en la vitrina —parecía una joyería— había tartas de las que sacan los americanos en sus películas: con moras, con frutas, con chocolate de colores. En una estantería de madera, así como de la Casa de la Pradera, tenían mermeladas y dulces envasados en frascos tapados con tela de cuadritos. No quise mirar los precios. En la charcutería cercana, solo «calidad» según el cartel, había decenas de tipos de jamón, unos colgados y el resto expuestos con jugosos cortes en mostradores iluminados por luz de neón. Había también varias agencias de viajes, con destinos que salían por la tele. Y, aunque el barrio me pareció amable, un circuito de edificios y tiendas ordenadas en el que daba la sensación de que al cuarto día crees que los conoces a la perfección a todos, eché en falta cabinas telefónicas. Todos caminaban con móviles en la mano, o incluso auriculares, hablando en voz alta. Todos parecían tener más dinero en este barrio. De hecho, en el supermercado, junto al cajero, había un hombre que abría la puerta a las señoras y le daban monedas porque las ayudaba a cargar las bolsas en el coche. No vi muchos carros de la compra, al contrario que en mi barrio.

Tuve claro que si seguía yendo automáticamente todos los días por la zona, podía tropezarme con las mismas personas como si estuvieran girando de forma circular en unas vías imaginarias. También con Marcos. Una vez todos ponían sus actividades en marcha, la teatralidad de la calle era idéntica entre unos y otros. Quizá alguno miraba mi cara, pero no me veía. Quizá un joven que cruzaba el semáforo se tropezaba conmigo, pero yo le era invisible. A ese y a todos.

Apenas estuve unas horas estudiando el terreno, de once a tres, pero al día siguiente reconocí las facciones de la señora que entró al banco sonriendo, salió descompuesta y entró en la cafetería; incluso a la que se coló en la peluquería y salió diferente, coloreada y cargada de revistas caminando resuelta hacia un taxi. Todo consiste en mirar, observar; tomar nota si se hace necesario.

Esta era mi libreta de anotaciones, la tengo aquí en prisión y me ayuda leerlo:

Observo el semáforo. Estoy aburrida. Se acerca una mujer despeinada. Dos horas. Rizado. Sonrisa. Para mí que solo le ha cambiado la expresión.

Mujer de gris. Lleva prisas. Toca timbre pero nota que está abierta. Empuja puerta sucursal. Tarda cuarenta y cinco minutos. Triste. Alterada. Parece que llora. La mujer revisa una lista entre manos. Bus.

Hombre de traje. Amigo de traje bronceado baja de coche caro. Veinte minutos. Chica joven. Beso. Gesto fraternal de apoyo. Caricia en la mano. Hija.

Hombre de mediana edad con camisa arremangada. Susurra en voz baja. Se acerca a las personas. Viene a mí. Disimulo. Sigo aburrida. Le veo susurrar a los demás. Pide dinero.

Opto por bajar la cabeza y centrar la mirada en mis zapatos.

Nota a mano: quizá todo consiste en ser una relojera de los otros, esperar y descifrar sin datos qué está pasando alrededor, solo lo que observo, sin más preguntas. Esa puede ser la estrategia para entrar en el escenario de Marcos Caballero.

Mis cualidades no eran las de James Stewart, pero siempre tuve mucho olfato para los demás; para mí —tan cenicienta— he sido una desorientada toda la vida. En la primera de las semanas en las que me dispuse a moverme en su barrio, descubrí que no hacía falta ser tan sigilosa como imaginaba. Las mejores horas eran las de la mañana, todo eran trabajadores, funcionarios y muchas señoras. Las visitas al banco de la esquina eran muchas, sin embargo aluciné al comprobar que muchos de los anónimos eran los mismos del día anterior. Esa semana un hombre de jersey marrón a rayas repitió tres veces cita con los empleados, era un cliente fijo que llegaba susurrando en voz baja números y palabras, se atusaba el pelo al entrar y hacía lo mismo al salir. Cuando estaba dentro se asomaba a la cristalera, entre los carteles, buscando nada. Llevaba zapatos de cordones, mal limpiados.

Otra vez aparecía la mujer de la peluquería. No debía de tener nada que hacer en casa porque era de las que caminan hablando solas. Esta vez con dos bolsas con varias cajas. Masticando palabras. Una rara (como yo) de manual. Llevaba cajas de zapatos. La seguí y me quedé delante de la puerta mirando el escaparate. Dentro las dos dependientas arrugaban la nariz al verla llegar y vaciar las bolsas. Según pude observar, cambiaba el género por otro idéntico para probárselo en casa porque, decía, le daba asco descalzarse en la moqueta marrón. Muy interesante. Tenía un pie más grande que el otro y no le cuadraban los números. He aprendido a leer los labios.

Notas en mi libreta:

A la señora del bolso blanco y gafas de sol (unos setenta y nueve años) nunca le da tiempo a cruzar el semáforo. Se le pone en rojo a mitad de camino. Lo mismo sucede con los dos jubilados que pasan toda la mañana en el banco próximo al quiosco de prensa. Llegan, hablan brevemente y dejan pasar las horas callados, abandonados. Se aburren como yo. Uno de los dos lía tabaco con dificultad porque le tiemblan las manos levemente y tiene los nudillos torcidos hacia dentro. No deben de tener buen oído, las ambulancias que pasan con (esto es curioso) demasiada frecuencia no les alteran la calma. Les gusta estar mirando sin más, sin contrariedad.

He vuelto a ver a la chica de la bicicleta en bicicleta. Ahora coincido con ella cuando compra un cupón de la Once y se acerca a la papelera a tirar el usado. De momento no le ha tocado nada. Insiste pero no parece tener esperanza, lo hace mecánicamente en su tímida incursión con la fortuna. Su amiga resopla y le insiste en que revise bien cuando tira el boleto a la papelera. Alguno de los días ha vuelto a recogerlo de entre los restos para volver a tirarlo. Esta manera de actuar me recuerda a mí. Todos nos parecemos. Mucha gente decepcionada. La gente no sonríe.

Siempre aparcan los mismos en el parking. A las mismas horas. Ha habido dos colisiones en la rampa de subida porque venían hablando por teléfono. Algunos hacen papeleo y aparcan junto a los contenedores del mercado, bloqueando la descarga del carnicero, otros ni salen del coche y se lo dicen todo desde la ventanilla como si no tuvieran piernas. Podría recordar alguno de los números de teléfono que se han dado. La memoria es mi carga también para cosas absurdas.

La ambulancia que pasa a la misma hora estaciona dos esquinas más abajo. Son enfermos de diálisis que recogen a domicilio, la mayoría ancianos. La ambulancia está veinte minutos parada y vuelve a salir calle abajo. Sus luces intermitentes giran y giran sin emitir sonido alguno y la calle se tiñe de un naranja ocre, como si cayera la noche.

Nota: me gusta ver la forma en la que la multitud espera el semáforo. Ahí es donde se distinguen las prisas y la timidez de algunos que son educados y ceden el paso. Peatón rojo, peatón verde, peatón rojo, peatón verde, peatón rojo..., verde. Es como el inicio de una carrera cada cinco minutos: preparados, listos, ya. Con cada pasada de pelotón cambia el grupo, diferentes pelos, ropas y diferentes prisas. El niño agarrado de su madre, el agazapado detrás de su abuelo, las mujeres charlando, el garrulo de tirantes, el joven sociable que se aparta, los que discuten como cotorras, los silenciosos ausentes... Siguiente pelotón y siguientes diferencias. Rojo, ¡verde! Me gusta mirar cómo se disgrega la tropa que espera la señal y se dispersa en racimo por el paso de cebra. Uno a uno. Aún incapaz de contarlos a todos, intento sumar cada montoncito de anónimos antes de que se ponga en rojo otra vez. Me tomo mi tiempo. Soy una mujer que espera. Los peatones se borran cuando pasan la esquina en la que yo me siento a esperar y aparecen otros. Otros. Él no. Un desfile de zombis. De fantasmas con alma. Peces de ciudad.

Alguna de las mañanas que iba al encuentro de Marcos Caballero no esperaba ver mucho más de lo que me había tenido encandilada el día anterior. La libreta de notas era la única persona con la que mantenía una conversación taciturna diariamente. Levantaba la vista a sus ventanas intentando verle en el reflejo del cristal, buscando el faro iluminado otra vez. No es que ambicionara más, pero suspiraba por él. Y él no estaba. Había llegado a pensar que Marcos no se quedaba nunca en casa. Y yo allí, pasando hojas y sumando horas. Su ausencia hacía de esa ventana un cráter en el edificio: un nicho en mi paisaje visual.

A los usuarios del autobús no les gustaba mucho que me quedara sentada todo el rato en la parada, cuando veía con el rabillo del ojo alguna mala cara, volvía a airearme caminando en otra ronda de vigilancia. Llevaba días comiéndome las mismas fachadas y las mismas aceras. Había contado los pasos entre una esquina y la otra, incluso el número de barras del paso de cebra (seis), el número de la expendeduría de tabaco (524), me había fascinado el número de barrotes de los balcones de forja. Resulta que los del primer piso tienen cuatro de ancho y conforme suben las alturas, son más estrechos y solo tienen uno, o dos. Los domingos eran soporíferos para la espera. Me quedaba pensando más en mis cosas y apenas anotaba nada nuevo. Llegaba a quedarme hipnotizada por el rojo y verde del semáforo cansino sin decir nada, atontada mirando al frente. Pero entonces llegaba el lunes y algunas de las rutinas de la gente me eran familiares. Estaba aprendiendo mucho, el tiempo que pasaba empujándome a mí misma por las calles era sobre todo aburrido, pero veía cómo la gente se relacionaba entre sí. Lo curioso es que los anónimos de la tarde se saludaban más que los anónimos de la mañana. La señora del bolso blanco solo sonreía al tropezarse con algún conocido, luego seguía seca caminando; los señores de pantalón beis y chaqueta azul (idéntica) se mostraban más habladores si coincidían después de la comida que en horas de trabajo y cartera en mano. Me aburría inmensamente. En las mañanas existían puntos álgidos, y las tardes daban lugar a las cadencias.

Y, un día, me agotaba. Al día siguiente pensaba no volver. Tenía la sensación de estar encerrada en la calle, esperando robotizada. Dando tiempo al tiempo. Me había percatado de que no hay mucha gente enamorada, y los que lo están no lo demuestran. Sea como sea, apenas anotaba «besos» en mi libreta. Si se abrazaban, no tardaban en soltarse. La normalidad no me gustaba. El hombre besa mal, me estaba dando cuenta día a día. Tiene por costumbre mirar a lo lejos o apretar los labios tras el beso. La mujer, en cambio, tuerce la cabeza hacia un lado visiblemente afectada por la acción beso. Lo sé porque yo he sido mal besada tantas veces.

Mi marido era el buenazo del pueblo. Y mi abuela se empeñó en que me casara con él. Era el hijo único de los transportistas de la comarca, que, además, también tenían una tienda de paquetería y armas para la caza. Me iba con él al cine porque allí en la sala era el único sitio en el que daba igual que él no me diera conversación, su mutismo parecía una afonía constante, mal curada. Allí, callados, empezamos a querernos o a habituarnos mirando domingo a domingo en la sala de cine las historias de otros. Yo sentía que lo tenía al lado, pero solo lo sentía, sin más. A la salida le preguntaba.

—¿Te gustó?

—Mucho.

—¿Qué te gustó más?

—Los paisajes.

—Dan ganas de ir, ¿verdad?

—Es lejos.

—Claro, es lejos, pero dan ganas de ir.

—Sí.

Así empecé a callar. Él elegía las películas para ver y yo me sentaba a su lado. Los dos mirando la pantalla cogidos de la mano. Me entrelazaba los dedos en las escenas tiernas, y yo no sentía pasión alguna, aunque me parecía como un buenazo amordazado por su destino. Y yo no quería ese destino.

«El agua es insípida, pero es necesaria», me dijo mi abuela cuando intenté explicar que era un desabrido. Yo sabía que el agua era necesaria, pero en misa la mezclaban con vino, ¡por algo sería!... Fueron así años de dicha, digo, pero la felicidad está hecha también de confeti, y el colorido no aparecía por ningún lado. Algo tan liviano como el confeti podía haber alegrado aquellas tardes de cine, pero —me lo decía mi abuela— únicamente debía acostumbrarme a él. Agua. Agua para quitar la sed. Agua. Hay hombres que son simplemente agua. Agua. Creo que aquellos días de butacas no numeradas y cine fueron los que me hicieron aprender a caminar mirando al cielo tecnicolor. Esperando otra agua, otra película.

Los ojos muchas veces se me iban hasta uno de los balcones de la calle de Marcos Caballero. En uno de los que tenían más barrotes, justo en el primero del número 89, allí aparecía siempre a la misma hora una señora de coleta canosa con una taza en las manos. Insisto, a la misma hora, matemáticamente. La bata que vestía era espantosa y, sin duda, no era de su talla. Anotación: heredada. Pero me gustaba su forma de quedarse paralizada en el balcón con los ojos clavados en la calle. Anotación: campante. Lo bueno de la escena, se repetía cada día, era el joven que dos alturas más arriba se asomaba en calzoncillos alegremente y miraba hacia abajo, buscándola. Se quedaba en el balcón. En ese momento se ponía a regar las plantas hasta que el goteo daba con la señora de la coleta canosa y esta se enfurecía mirando hacia arriba. «¡Otra vez!»

—¡Sinvergüenza!

Y tocaban el timbre los de correos y ella entraba irritada hacia su casa. Un día, como se repetía muchas veces, saqué mi cámara de fotos para inmortalizar esa escena de película italiana, me parecía la más evocadora del barrio. El timbre en la calle, la decepción en el primero y el lozano del cuarto. Tal vez era amigo de Marcos, por la edad. Ya todo era posible en mi imaginación. Al fin y al cabo, alguna de las personas que estaba vigilando desde hacía días tenía que conocerle. Hice una foto al portal. Y otra a su balcón. Debía averiguar dónde tomaba café, sus costumbres, reunir todos sus hábitos..., pero me daba cuenta conforme pasaban los días de que me sería más fácil encontrar a un ladrón que volver a coincidir con Marcos. Yo iba apuntando todo de forma cansina. La mayoría de las veces por entretenimiento, para no perder la cabeza en esta desesperante vigilia.

Había varios carteles que anunciaban la película de Marcos en las marquesinas de publicidad («en los mejores cines»), así que me movía como una autómata calle arriba calle abajo contando anuncios. Lo miraba en el cartel y la muerta viviente en la que me estaba convirtiendo cogía algo de vida. La secuencia se repetía todos los días. Pero entonces, un viernes, cuando más fatigada estaba..., pasó.

Mi recuento en ese momento era circular. Un estanco con todas las marcas de tabaco a la vista; una farmacia llena de productos para evitar las manchas de nicotina en los dientes y pastillas para adelgazar; en la tienda, ropa de todas las tallas con mujeres gordas felices; en el bar, oferta de bocadillo y café a dos cincuenta; y en la sucursal, créditos a buen interés para «estar tranquilos toda la vida» y que me devolvían la mirada anestesiada al cartel de seguros en el que garantizaban la felicidad en la playa dominicana. Me quedé mirando pensativa, era un círculo total. En una de esas vueltas absurdas ojeando todo para hacer tiempo en mi aburrimiento, un coche frenó en la puerta del número 2, dio dos bocinazos y Marcos se coló apresuradamente. No me di cuenta hasta que no escuché su voz y arrancó el coche. Se me acababa de escapar. Mierda. Fue un instante en que lo atisbé con claridad, entre la puerta y el asiento, pero solo un segundo. Girarse había sido una malísima idea. Tanto mirar el seguro, tanto dar vueltas embobada, tanto crédito dominicano había sido tontería. Claro, yo miraba a todos, pero a mí nadie me miraba para avisarme.

«Tengo que verte», me quedé pensando.

Volví a pasar por la cafetería Rocablanca y me entró la risa, un poco de vergüenza ajena por la situación del desayuno con churros a lo Audrey. Dentro, tras el cristal, estaba el camarero. No se dio cuenta de mi presencia en la calle. He llegado a mirarme en muchos escaparates igual que en un espejo infinidad de veces, la realidad es mala. De todas las personas que conozco, la que menos se quiere a sí misma soy yo.

6

Como quien escribe en el agua. Perdida. Los días siguientes continué yendo a su casa con la intención de verle, pero lo hice mucho más temprano para que no se me escapara otra vez. A las ocho estaba ya en su barrio. Uno de esos días, Marcos se percató de que alguien le había seguido. Esa mañana salió de casa a las nueve y veinticinco minutos, justo a la hora en la que el hombre de los cubos de basura los iba guardando de portal en portal, después de haberlos rociado con agua apresuradamente.

—Buenas... —dijo sin levantar la cabeza de los plásticos.

—Buenos días, Manuel, que pase un buen día —correspondió Marcos. Descubrí que el hombre de los cubos se llamaba Manuel y que se conocían, porque apenas cruzaron la mirada; mientras uno echaba agua absorto en sus pensamientos, el otro levantaba la vista al cielo como buscando el parte meteorológico a golpe de vista. A través del aire las noticias vuelan. En cuanto Marcos se puso las gafas de sol y ejercitó el cuello para todos los lados, la joven de rizos de la zapatería contigua al portal abrió puntual la persiana de su escaparate dejando sordos a la mitad de los que pasaban por la calle. Hizo un gesto con la barbilla y alertó a la compañera —que se acercaba comiendo un cruasán medio sacado de la bolsa— de que Marcos estaba allí. Una señora de negro con bolso negro apoyada en la parada del autobús se dio cuenta también de su presencia justo cuando abría la cartera, besaba una estampa o foto guardada y sacaba su metrobús. Un grupo de ecuatorianos mochila en ristre y vestidos de uniforme azul piropearon a la chica de rizos y uno de ellos se dio cuenta de Marcos. «Mira, el actor», pareció decir con el codo a su compañero. Los dos ejecutivos —tal vez pareja— que huían en taxis distintos después de una mirada delicada y rutinaria también repararon en su vecino. Y en ese momento escuché el rumor de un grupo de estudiantes que se acercaba, me di cuenta de que no pasaba desapercibido para nadie. La zapatera ya había pasado al interior del negocio caminando de espaldas. Era curiosa.

Marcos se dio cuenta de casi todos los gestos porque, tal y como hizo en días sucesivos, caminaba indiscreto analizando las caras de los transeúntes para buscar muecas nuevas o expresiones desconocidas; al verlos, al descubrir un mohín diferente en los extraños, cambiaba el rictus imitándolos. Debía de estar aprendiendo un nuevo papel y buscaba gestos para acompañar al personaje. Tengo mucha imaginación. Al golpear la persiana en el techo de la zapatería se apagó el letrero luminoso, al tiempo que Marcos comenzó a correr calle abajo siguiendo el descenso del agua de los cubos: calle de la Palma y la bajada posterior que lleva hacia la Corredera Baja de San Pablo. Tomé nota.

—No me lo puedo creer, se ha vuelto a estropear —dijo la zapatera.

—¿De qué hablas? ¿Del cartel? —preguntó la compañera, escéptica.

—Otra vez. Tú no quites ojo a la tienda, voy a la ferretería.

«Cartel fundido», anoté en mi libreta de forma mecánica. La visión del luminoso parpadeando me pareció una contraseña, un guiño hacia mí. Habían pasado quizá solo cuatro o cinco minutos cuando arranqué a caminar hacia la panadería de la esquina para esperarle. Primero sentí un hambre atroz al descubrir un arsenal de bollería recién hecha, después, unos celos espantosos. A mí me había costado un bochorno entre adolescentes chochas tener una foto de mi actor, y aquí en la panadería tenían colocado su retrato firmado («Para mi horno favorito, Marcos») entre un bodegón de panes de diferentes sabores. Una horterada de premio: el altar de Marcos estaba formado con rosquillas de anís y bollos cubiertos de sésamo y pipas; había un bloque de edificios simulando una ciudad que eran simples panes de molde colocados en vertical al más puro estilo Benidorm o Nueva York. Sentí empacho ante la cursilada y me dieron ganas de buscar una piedra y ponerme bruta con el escaparate.

—Buenos días —sonaron las campanillas de la puerta y todas se giraron hacia mí.

—Buenos días.

—¿Qué desea? —me preguntaron.

—No, no, puedo esperar. Están esas dos señoras delante de mí.

—Estamos atendidas —dijeron al mismo tiempo, tan ridículamente que me entró una risa tonta primero y luego aquello se convirtió en una situación embarazosa porque fui una descarada.

—Están atendidas —repetí imitándolas.

—Son hermanas —me explicó la panadera cuando las dos teñidas salieron a la calle.

—¿Monjas? —pregunté.

—No, mujer, hermanas hermanas, hermanas de verdad. Menos mal que usted se ha reído porque desde que vienen al horno siempre he tenido ganas.

—Es que tienen una voz...

—De pito. «Estamos atendidas» —repitió la dueña con coña.

—«... atendidas», ja ja —repetí—. Eran como dos meninas conjuntaditas. Nos va a castigar Dios.

—Dios no está para estas cosas. Quite, quite. Bueno, dígame, ¿qué desea?

La señora Matilde vio por el cristal de la puerta de entrada cómo Manuel se acercaba a por los cubos de basura y saludaba con la mano desde la calle. Yo me quedé mirando la ofrenda que le tenían dispuesta a Marcos en el escaparate.

Estaba dudosa. El tiempo se alargó porque entró una pareja y me acerqué a mirar de cerca la foto con intención de besarle con los dedos. Necesitaba poner las cosas en orden en mi vida, pero sobre todo necesitaba sentirle cerca. Levanté la mano hacia el retrato, sentí mis yemas en su cara y en ese preciso instante de comunión y ausencia empezó a desmontarse el pabellón fotográfico como si la India entera estuviera sacrificando a todas las vacas sagradas en el Ganges. Me sentí morir. Peor incluso cuando toda la panadería salió al mostrador alertada por los gritos de Matilde. No sabía si huir corriendo hacia la puerta o llamar al 091 en previsión de la somanta de palos que vi amenazante en la mirada de la dueña.

—¡Calma! —gritó. Atendió a la pareja y vino hacia mí humillada por la escena que acababa de montarse.

—Perdone, perdone, perdone, perdone… —me doblegué abochornada. Quería postrarme a sus pies, que me pisoteara, que hiciera justo sometimiento a la destroza que acababa de causarle.

—No hace falta que se mortifique. Es solo pan.

Calma. Sentí la calma de su mano en mi espalda cuando se acercó al epicentro del terremoto panadero. Era la segunda vez que me calmaban así. La primera fue la mano de plástico de Julia, en la Gran Vía. Se me había quedado cara de boba, culpable del escenario que en segundos pasó de ofrenda turístico-nacional a zona catastrófica.

—Soy una ruina.

—Tranquila, mujer, que esto lo montamos con pan nuevo, que este debía de estar ya seco y se ha caído nada más rozarlo.

—Estaba mirando la foto…

—Si espera unos minutos lo verá entrar. Es Marcos Caballero. Marcos es el niño de mis ojos, viene cada mañana, es del barrio y acaba de hacer una película, es su primera película. Se lleva una barra de pan crujiente de cuarto, dos magdalenas integrales recién horneadas y pan de pipas.

Así era cada día. Y así sería hoy porque si esperaba diez minutos «su chico favorito» pasaría corriendo por delante de la tintorería, del bar, del garaje, de la colchonería, de la tienda de móviles, del quiosco de prensa, la peluquería, el otro bar y, en segundos, la panadería. Su panadería. Ocurrió lo que tenía que pasar, abrió la puerta, sonaron las campanillas, observó de reojo su altar venido abajo y, tras un sonoro buenos días entre exhalaciones, Matilde seleccionó el pan, cogieron las dos magdalenas integrales del interior y lo metieron todo en una bolsa de papel.

—¿Qué ha pasado aquí? —preguntó con una sonrisa de medio lado.

—Nada, que eres un terremoto y se me ha desmoronado tu retablo.

—Eres una friki. Eso te pasa por hacerme altares de pan —añadió riéndose.

—¡Qué dices! Toma, niño, lo tuyo. Que vaya bien el día —dijo Matilde victoriosa.

Y Matilde recibió sus dos besos y sus mejores buenos días. Yo me quedé paralizada en la esquina de las mermeladas con ganas de llorar y de decirle: «Soy yo, soy yo, soy yo, soy yo, la loca, la desquiciada, la que ha perdido la razón, la que te siguió por la noche, la del portal, la que te mira... Soy yo, Marcos, Marcos, soy la mujer del otro día».

Me quedé arrinconada sin abrir la boca. Agarrotada en la pared. Tenía el cuerpo más recio de lo que imaginaba, era más alto a la luz del día, aparentaba más espigado que aquella noche que le seguí de madrugada cuando se retiraba de la fiesta. Desde el día de la epifanía en la Gran Vía había imaginado muchas veces cómo sería el momento de verle de cerca. Pero, aun habiendo barruntado las mil y una maneras de arrimarme a él, no pude reaccionar. La visión duró los segundos que tardó en abrir la puerta, recoger su encargo, dar los dos besos —equivocados— y caminar a la puerta. Metí torpemente la mano en mi bolsillo donde tenía la foto del cine y la retorcí. Cuando emprendió la salida, volví a aturullarme.

—Espera —le dijo Matilde.

En medio de aquella atmósfera de panes y guiños sentí una punzada en el corazón que volvió a detenerme.

—Quiero que pruebes estas nuevas.

Entonces se giró de nuevo y tomó del mostrador un paquetito envuelto en papel de horno.

—Toma. Ya me dirás.

Marcos le correspondió guiñando un ojo desde la puerta. Ni cuando escapé de mi pueblo con rumbo desconocido aquella noche de Carnaval tuve tanta ilusión, algo se liberó dentro de mí provocando una euforia como no he vuelto a sentir.

La niña de Matilde, de quince o dieciséis años, rebelde sin sustancia, le miraba con fingida indiferencia, como pensando «mi madre está loca, yo paso de famosos». Pero lejos de hacerse la impasible ante Marcos para diferenciarse de su madre, gesticulaba inconscientemente igual que ella, arreglándose la bata con dos tirones, las dos a la vez, mecánicamente.

—Esta niña es una siesa —dijo delante de ella mientras le daba un codazo para animarla a pronunciarse sobre Marcos—. Ay, si yo tuviera tu edad...

—¿Qué? Si tuvieras mi edad, ¿qué, mamá?

—Nada, nada. Esta juventud... —contestaba con aparente melancolía—. ¿Qué desea, mujer? ¿Qué le pongo? Aún no me ha pedido nada.

—Gracias por no delatarme. Qué lerda soy.

Salí a la calle en un estado lamentable, con falta de reservas de oxígeno por el shock emocional. Ignoro qué habría sido si en ese momento hago todo lo que llevaba pensado, si en lugar de quedarme pegada a las mermeladas, me planto frente a él, le toco la cara, las manos y... le hablo. Salí a la calle, digo, transformada, y recorrí varios metros hasta que encontré un banco para sentarme. De repente, mi abuela —ya fallecida— apareció sentada a mi lado con los ojos cerrados.

«Creías que estaba muerta, ¿eh?»

Rompí a llorar. Saqué mi libreta y anoté la hora y el horno en el que Marcos compraba el pan, y aproveché para escribir también la lista de la compra para no pensar en una respuesta. No quería acabar como una demente y olvidar todo esto.

Estuve varios días o varias semanas volviendo a la panadería como una clienta nueva del barrio. A Matilde le hacía gracia recordarme que yo era la terrorista de su escaparate, así me llamaba, y a mí me emocionaba especialmente que me tratara con aparente normalidad. Yo ya le había contado que me ganaba la vida haciendo arreglos de ropa y la pedicura a las vecinas de mi barrio (bueno, a ella le dije «del barrio» porque no entendería que viviera a ocho paradas de metro de allí, en Pacífico). Un día, incluso, me ofreció trabajo de verdad, no como mero trámite de cortesía para halagarme. No. Me lo ofreció con toda franqueza.

—Buenas, Matilde. ¿Cómo estamos hoy?

—Pues ya sabes..., sobreviviendo feliz. ¿Vas de compras?

—Bueno..., dando una vuelta. Si quieres, salte a tomarnos juntas un café con leche.

—Anda ya... —masculló la panadera—, con la de trabajo que tengo.

—Pues yo regular. No te creas que me salen muchas cosas.

—Pero ¿vas mal de trabajo?

—Pues tirando, hija, tirando...

—A ver si te busco algo, que eres muy maja y se te ve muy apañada.

Se trataba de ir haciéndome con la geografía de la calle, todo lo que componía su reino, el bar, la farmacia, el otro bar, el estanco... Si unía mi deseo a mi esfuerzo, podía controlar los milímetros y las horas exactas de entrada y salida de Marcos. Y, si unía mi anhelo a mi necesidad, casi podía olerlo antes de que pisara el barrio. La cuestión era verle, sentirlo en la distancia más corta. Según mi madre, las personas que saben mirar saben querer. Solo deberíamos evitar los besos de aquellos que no nos miran. O nos malmiran.

Exactamente, Marcos volvió a aparecer por la calle cincuenta y ocho minutos después de haber salido de casa y haber sudado su particular maratón mañanero. Pantalones muy cortos dejando al aire sus piernas fibradas, fuertes, sudadera de capucha, ceñida y arremangada hasta los codos, a veces azul, a veces verde. Guapo. Siempre guapo. La zapatera salía de su madriguera diez minutos antes de que el ocasional deportista llegara al portal, para empezar a fregotear la acera y arrojar las aguas sucias por el desagüe cercano al árbol. Pero de esto ya era incapaz de darse cuenta él porque llegaba jadeante, agotado. Ajeno a ella, estiraba las cervicales, buscaba las llaves y abría la puerta de regreso a casa.

A esas horas, ya entraba y salía gente de la sucursal del banco, el bar empezaba a gestionar almuerzos y los espectadores de la calle dejaban de ser estudiantes para convertirse en señoras con el carro hacia el mercado de Barceló, amén de los jubilados en busca de un espacio al sol en los bancos de la parada de autobuses. Desde la calle se escuchaba el portazo de la doble puerta interior y tal vez dentro Marcos abría el buzón, tiraba las hojas de publicidad, seleccionaba las cartas —decenas— y llamaba al ascensor manifiestamente cansado. Cuarto piso, derecha y centro. Tal vez Marcos, dentro de su casa, sintiera la necesidad de relajarse un rato mirando la tele. Tal vez, al desnudarse para ducharse activaba el contestador del móvil con altavoz para escuchar las llamadas desde el baño, abría el grifo dejando caer el agua —ni muy caliente ni muy fría— y tal vez visualizaba su físico frente al espejo para comprobar el avance de su deporte. Las cortinas corridas en los tres balcones impedían ver la vida privada del joven, aunque borrosamente se notaba algún movimiento de su figura tras las telas. Su silueta se difuminaba tras la opacidad del algodón.

A la mañana siguiente, se volvía a repetir exactamente la misma escena. Pantalones muy cortos dejando al aire sus piernas fibradas, fuertes, sudadera de capucha, ceñida y arremangada hasta los codos, a veces azul, a veces verde. Guapo. Siempre guapo. La zapatera que mira, las aguas sucias, los estudiantes, la persiana, los autobuses, el portazo.

Uno de aquellos días, al volver de su habitual maratón, me preguntó la hora. Le dije —sin mirar el reloj— que eran las nueve y veinticinco minutos, y me giré rápidamente hacia la zapatería totalmente azorada.

—¿Usted estaba aquí antes? —me preguntó.

—No, no.

—Me ha parecido verla cuando salía de casa.

Aquel día significó un tapón en mi vigilancia. Fue un relámpago de una intensidad irrepetible. Durante unas décimas de segundo pensé que mi plan se venía abajo. Dejé de deambular por su calle y me escondí durante semanas. Volví a casa perpleja, tratando de visualizar sus palabras y su mirada dudosa cuando me preguntó «¿usted estaba aquí antes?» y «me ha parecido verla». Era cierto que descuidé un instante la discreción por cansancio, me había quedado dormida en la parada de autobuses durante toda la noche esperando que llegara de una cena con amigos que nunca se terminaba. Me habían echado de la puerta del restaurante al verme vagar maleante del número 50 al 60 con demasiada inquietud y no tuve más remedio que huir hacia su portal para quedarme a esperar su llegada. Fue un error de principianta que pagué con un alejamiento voluntario y temporal de su zona. Sin embargo, había descubierto mi punto fuerte: era una total desconocida para él. Y ese era su punto débil: que yo le era invisible.

La idea de que podía entrar en casa de Marcos no me dejaba concentrarme. Tocar sus cosas, notar su perfume en el aire o incluso el de su piel.

7

«Es necesario buscar un acercamiento», me dije mientras me acostaba. En lugar de aproximarme, estaba huyendo. Tenía la impresión de que, al quedarme plantada allí (mi maldita suerte), Dios me castigaba. La vida entre dos exige que uno decida y yo estaba al ralentí, con el motor parado, segura de ver que podría caminar pero sin poder hacerlo. Así que asumí que estaríamos separados durante quince días. Pasé las primeras mañanas haciendo todo a otro ritmo; me levantaba más tarde, me quedaba acurrucada en la cama procurando continuar mis sueños ya despierta. Daba la vuelta a la manzana en dirección contraria a la habitual para verlo todo distinto (no me había dado cuenta de que los carteles por detrás no son carteles, no son nada). Canturreaba: «Te tengo cerca..., te tengo cerca..., te siento cerca...». De momento no iba a mover un dedo para retenerlo.

En ese estado de gracia estuve tres días. En soledad, uno

descansa. Porque esta soledad era ya una soledad compartida. Intuí que salir a la calle por su zona podría tener consecuencias, pero debía mantenerme fría. Marcos Caballero era, evidentemente, un chico maduro para su edad, pero no podía dejarme llevar por la emoción. Recuerdo que bajé a comprar al mercado, y en la frutería Mercedes reparó en mi palidez y me preguntó si me iba a desmayar.

—Estoy bien, yo creo que estoy mejor que nunca.

—Pues, hija, no lo parece. Llevas una cara que si fuera tú me iría directita al ambulatorio.

—Es que... ¿Son de hoy los melocotones?

—¡Pues no van a ser de hoy si te los llevaste ayer!

—Yo me llevaría sandía, están saliendo todas buenísimas. Si quieres te abro una y te la llevas —apuntó su marido.

—Bien.

—Estás bien pálida. Estás pálida... como la sandía. ¡Abre otra, Julián! —dijo Mercedes riéndose.

Seguía teniendo atravesada en la garganta la intensidad de nuestro cruce de palabras. Comprendí que, aun estando el uno al lado del otro, nos encontrábamos todavía en estadios diferentes. A él le faltaba la..., no sé decirlo, toda esa carga emocional que yo depositaba en cada milímetro de su cartografía. La realidad había hecho que nos cruzáramos, además me había hablado, incluso debió de mirarme a los ojos. Entre aquellas personas, en el mercado, flotaba como una aparición mariana, de hecho no tenía la certeza de que estuviera pisando el suelo adoquinado. Tuve que apuntarlo en mi libreta para no olvidarlo.

Esa misma tarde salí a la calle y bajé hasta el centro de salud a mirarme. Compré de camino gominolas (moras negras) y me las comí en la puerta de la consulta. Era una costumbre de aquellas tardes de cine con mi marido, ahora también estaba viviendo una película y cargué con una bolsa. Mientras saludaba a los que llegaban a la sala de espera fingía que les escuchaba cómo me contaban sus dolores, pero estaba pensando qué hacer con mi nuevo propósito. Me imaginaba invadiendo el piso de Marcos. De proponérmelo, habría sido una gran fabuladora. Tenía una imaginación espumosa. Bette Davis era la portera del edificio de Marcos, me daba varios montones de cartas para el actor y yo me subía por las escaleras agitada. Irma la dulce subía acompañada de su perro y un hombre fibroso. La del segundo era Lauren Bacall, salía en bata para dejar pasar a Humphrey Bogart, que llegaba fumando. La niña de *El piano* bajaba corriendo con una pelota roja que se iba inflando al dar botes en los escalones, vestida extraña como sacada de otra película. Yo me vi clarísimamente entrando en casa de Marcos, con mis llaves, como si fuera la asistenta. Todo lo imaginaba en blanco y negro. Puse sábanas blancas limpias en su cama y abrí las ventanas de su habitación para que se ventilara la estancia, recogí la ropa sucia del suelo y puse una lavadora, dos; ordené los geles y champús del baño y tiré los que estaban casi agotados. Dejé el acondicionador, la espuma de afeitar, las cremas, el colirio y el cepillo con la pasta de dientes en el mismo hueco de la repisa, bajo la lamparita. Perfumé la cama con su colonia y me puse a ordenar el armario replanchando las camisas arrugadas por el desorden y cosiendo alguno de los botones. El cuarto de Marcos se me aparecía algo descuidado y en la mesilla oriental había notas que no quise leer y libros y revistas de moda de meses anteriores. Las llevé al salón y las dejé repartidas en varios montones del revistero; pasé la aspiradora por toda la casa después de ordenar las sillas, ahuecar los cojines del sofá y limpiar los ceniceros. Eché más colonia. Solía criticar a las personas que se dejan los ceniceros llenos de colillas y ceniza reseca, pero a Marcos no. Cuando queremos, tenemos que aprender a aceptar al de enfrente. Seguramente en esa casa había invitados cada dos por tres y poco tiempo para organizar su vida. Tan joven. Me probé una de sus camisas al volver a su habitación y sentí, entre el humo de mi fantasía, que lo tenía abrazándome y diciéndome «te quiero mucho» al oído. Al colocarme la camisa sentí la sutil ternura de su juventud envolviéndome como el humo. Me probé también una de sus camisetas y acaricié alguno de sus zapatos de piel, todos negros, y aproveché para limpiarlos a fondo. Al acabar, di una vuelta por la casa y me gustó el resultado. Me senté en su cama y esperé.

Una vez recogida la casa, decidí hacer un poco de compra para dejarle la nevera lista, pues en la de Marcos apenas había yogures y latas de cerveza. En el congelador dejé varias bandejas de carne, merluza congelada y croquetas listas para freír, cambié de estante los yogures y los dejé junto a unos nuevos de sabores variados y puse fruta y verduras en los cajones, huevos frescos, queso, jamón en taquitos, gazpacho envasado y algunas botellas de zumo. Le dejaba lo suficiente para que la nevera empezara a parecer una nevera y no un almacén de vacío. Me hice un café y recorrí la casa satisfecha y atiborrada de esperanza y espejismo. Y de ansias de aprobación.

Pasado el rato, cuando se me acabaron las moras negras y me tocó el turno de la consulta, sentí que no tenía nada que contarle, sin embargo me empezaba a marear levemente.

—A ver, ¿qué te pasa?

—No sé. En el mercado me han dicho hoy que estaba pálida como una sandía mala.

—Qué sabrán ellos de estados de palidez —me recriminó el médico—. Dime qué te pasa.

—No sé. Estoy…

—Pero si estás llorando.

Hacía mucho tiempo que no visitaba la consulta y no tenía ganas de contarle nada. Me inquietaba pensar si me había dejado la nevera abierta al ordenar las cosas de Marcos, tal vez al probarme las camisas había dejado restos de maquillaje, o quizá tiré alguna de las notas que tenía en su mesita al ventilar la habitación y era algún teléfono o una cita importante a la que no podía faltar. Enseguida noté que estaba fabulando demasiado. A veces pienso que estoy mal de la cabeza, demasiado mal de la cabeza. En mi delirio figurado por casa de Marcos abrí los primeros cajones de su cómoda y recordé que tenía preservativos (no debí mirar) y ropa interior ajena. Estaba excitada por el exceso de nervios. Las revistas estaban en su sitio, las luces apagadas, la cama hecha, las llaves en su lugar...

—Dime qué te pasa, por favor —insistió preocupado el doctor—. ¿Te acuerdas de él otra vez? No quiero darte ansiolíticos.

—No, la que no quiere tomar ansiolíticos soy yo.

—¿Estás segura?

—Estoy segura, quiero dejarlos. Creo que es el momento.

—Escúchame. Me parece bien. Deberías empezar a madurar, a saber que las cosas pasan, que ya se agotó esa etapa, que debes mirar hacia delante —añadió conciliador—. No eres la única mujer separada ni vas a ser la última.

—No me encuentro mal. Soy solo una sandía sin color. Me lo ha dicho Mercedes y nada más. Estoy bien.

El doctor me acompañó a la salida después de recetarme vitaminas. La mujer que había estado mirándome comer de manera ansiosa las gominolas se despidió con la cabeza y volvió su mirada a la revista que tenía entre manos.

—No seas boba y come, estás falta de energía, tienes la tensión baja... —intentaba explicarse con benevolencia—, seguramente estás durmiendo mal, dolor muscular. Tómatelas y vuelves a verme.

Tenía la impresión de estar viendo a Marcos en las manos de la señora, una foto dentro de la revista. Mientras me hablaba el doctor me iba acercando más para cerciorarme bien de la imagen. Me daba miedo que fuera otra vez producto de mi imaginación.

Memoricé la revista y salí a la calle con la idea de comprarla en algún quiosco cercano. Pasé por delante de una panadería y me giré al escaparate como si todas las panaderías de Madrid fueran a tener la foto de Marcos entre montones de bizcochos y bollos de pipas y sésamo. Me daba pánico, yo no compraba revistas nunca, y, de pronto, la idea de que la publicación fuera antigua me angustió. Como si esa foto, a la que apenas acababa de ver entre las manos de la señora, fuera la única.

Tras caminar muy poco, paré en un quiosco y busqué la revista entre el tapizado de portadas colgadas en cuerdas.

—¿La puedo ayudar en algo?

—Busco a... Marcos Caballero.

—Sale en esta.

Leí la revista de pie, junto a los periódicos. Era la primera vez que Marcos salía en una portada. Su fama estaba creciendo por días, era un chico famoso... Tras cerrarla en mis manos, tuve una ensoñación muy poderosa: imaginé una ciudad en la que solo viviéramos Marcos y yo y fuera imposible no verse porque todas las calles condujeran a su casa y todas las puertas abrieran con la misma llave. Los dos nos íbamos cruzando de esquina en esquina y nos veíamos obligados a saludarnos y darnos besos como los que le daba a la panadera porque era la única persona a la que veríamos en esa ciudad día tras día. Llegué a casa con la confianza de una niña nueva. Cuando tus padres se dan cuenta de que tienes los deberes hechos y te delatan porque te miran de otra manera al saber que hay tiempo para jugar. Así. Durante mi época de estudiante hacía siempre todo lo del día siguiente en el autobús, justo cuando abandonaba el colegio y me volvía a casa. El recorrido era suficientemente largo porque era la última en bajarme del vehículo. Procuraba sentarme al final para ir leyendo los apuntes del día y así llegar a casa con todo organizado: cosas de orden práctico; aprendí a diferenciar lo que me serviría para el examen y lo que no. Como una forense. Mi minuciosidad —ahora lo entendía— llegaba a la capacidad de memorizar todo con dos únicas lecturas y, a veces, me asustaba ser consciente de perder esa capacidad. Un día sorprendí a mi abuela recitándole el Credo en mi segunda asistencia a misa. Ancha de orgullo como solo lo hace una abuela, me tocó pasar a cantarlo en casa de sus amigas y de mis tías abuelas. Dejé la revista abierta por su foto encima de la mesa, como si cerrarla fuera a desconectarme de él. Luego fui a la cocina y me hice una tila sedante para quedarme dormida durante toda la noche y descansar. Tenía sus palabras almacenadas en mi cabeza. En el fondo lo que quería era dormirme diez días y diez noches seguidas para acelerar el tiempo, volver a su portal y seguir sus movimientos.

Marcos estaba enamorado. Lo ponía en el titular. Impreso en negro sobre color.

8

—Ángeles, chiquilla, deja de seguir a los gatos por el corral. Me estás poniendo de los nervios.

—No seguía a los gatos.

—Sí, seguías a los gatos.

—Es que ha parido la gorda.

—¡No me discutas y sube a merendar!

El patio de la abuela era al mismo tiempo jardín botánico, zoológico y zoco de herramientas. Y como a tal olía: a podredumbre, óxidos, a especias, vinagre y azufre. Solo se aguantaba la fresca junto al gigantesco rosal que daba entrada al garaje en el que se amontonaba la leña. Era un macizo de flores que se desplegaba por la tapia con ramas rudas pero llenas de rosas, rosas enormes, que la abuela me impedía cortar. «Déjalas ahí —recriminaba—, que crezcan y mueran en su sitio.» Yo era una insignificante cría que iba y venía a la escuela, que se escapaba a menudo a la playa para caminar descalza y que volvía con los bolsillos llenos de caracolas lamidas por el mar. Guardaba especial cuidado en seleccionar las conchas que estaban agujereadas por el roce con el agua y las rocas, porque esas me podían servir para hacer colgantes y pequeños abalorios sonoros que luego colgaba de la cabecera de la cama, junto a la llave de la luz. Las inservibles, rotas o deterioradas, las empleaba para rellenar las macetas, porque así la tierra conservaba la humedad. Me lo había dicho mi tío, que era la persona más sensata y más práctica que he conocido nunca. Mi lugar preferido fue siempre bajo la sombra que proyectaba el rosal. Como no podíamos cortar las flores, las rosas acababan marchitándose sobre la tierra después de haberse abierto excesivas en las ramas. A mí me daba pena ver cómo se deshojaban ¿lloraban? los pétalos cayéndose o despidiéndose de la mata. Esa imposibilidad de coger una y cortarla, cuando todavía estaba desarrollándose párvula, me martirizaba. Cualquiera diría que con tanta rosa se iba a notar que yo escapara con una para colgármela del pelo o aplastarla entre mis libros paralizando así su juventud. Pues la abuela lo notaba. No se podían regalar flores: era una batalla perdida de antemano.

—Nada de cortarlas.

—Abuela, yo quiero una.

—Te he dicho que las rosas no se cortan. Quiero que se mueran ahí, en el rosal. —Así que su cuna también era su tumba. La abuela lo notaba si lo intentaba.

«Déjalas ahí, que crezcan y se mustien en su sitio.» Eso fue lo que verdaderamente debía aprender desde entonces, que las cosas y las personas en mi pueblo crecían y morían en su sitio. A mi pesar. Fue un proceso de vida que se sostenía en la parsimonia de los días, todo viajaba lento, ¿o debería decir vivía lento? Los domingos me ponía el vestido de los domingos que llevaba los zapatos de los domingos a juego y que nunca dejaron de hacerme daño. Se me quedaron pequeños y hubo que cambiarlos por otros nuevos antes de lograr domar la piel del empeine y del talón. Desde ese momento empecé a odiar las tiritas. Del mismo modo que las coletas me las sujetaban tensas cada domingo, todo el pelo tirante hacia atrás con la fuerza de un peine mojado en agua y brillantina. ¡Qué placer era soltarse el pelo! Y qué placer la llegada del lunes para calzarme con los zapatos viejos.

Alrededor de las doce y media, después de misa, donde leía y pasaba la bandeja petitoria, llegaba el momento de hacer la ronda de visita por todas las casas de las tías, que, como centinelas organizadas, me besaban con ruido de exagerado afecto en la puerta de la calle a la vista de todos los vecinos, y yo les ofrecía la mejilla torciendo la cara con asco; ellas aceptaban mis besos que no quería dar y me brindaban a la fuerza un desayuno por casa… tres veces, uno por tía. Luego llegaba a comer con la abuela y no tenía hambre y me reñían por no tener hambre, por no querer comer, por esconder la carne masticada bajo el plato o en el bolsillo del vestido de los domingos. Crecía así por inercia absurda, sobrealimentada y expuesta en un círculo de rutinas que solo rompía en el mar. Mirando cómo se estallaban las olas rizadas en las barcas y, por las tardes, esperando la llegada de los barcos tras la pesca. En el puerto olía a carburante usado y a pescado fresco, a hielo picado que arrastraban en cajas para conservar las capturas. Me habría ido en uno de esos barcos que rompían la monotonía de mi casa, de mis zapatos y de mis coletas. Pero ni podía escapar, ni podía cortar las rosas.

Todo se vivía lento. El verano era el más pesado del calendario, las moscas se pegaban a la piel después de andar zumbando alrededor de las sillas. La abuela, después de comer, se dormía en la mecedora con alguna pegada a las faldas, pero lo curioso es que las ahuyentaba con los ojos cerrados como si las viera a través de los párpados.

«Duérmete y deja de mirarme», me decía.

Esa sensación me persiguió toda la vida, que la abuela me vigilaba siempre, incluso a través de las paredes y puertas cuando me gritaba —«¡deja de escudriñarme en las labores!»— porque yo estaba explorando curiosa entre los ovillos y las agujas de gancho. La abuela tiene hocico, pensaba. Hoy aún sigo creyendo que me vigila. Que me observa. Que me protege.

Entre las cosas de su cestillo de costura había todo un arsenal de posibles juguetes, desde botones de colores enormes de cuatro agujeros que servían de peonza, saquitos con romero y lavanda, alfileres de colores, un huevo de madera, papelitos doblados con cromos de descuento para la compra, una vieja funda metálica de un puro habano que servía para guardar agujas de ganchillo, dedales, limas de uñas, hilos, etcétera. Buscar algo nuevo era de las pocas cosas apasionantes que tenía a mi alcance en aquella casa. Siempre era distinto porque al tocar la caja y remover las cosas volvía a desordenarlo y prometía novedad. En ocasiones le robaba algo, un pequeño botón de los irregulares para llevármelo a clase cosido en mi estuche de cremallera, el abanico de agujas de colores, algún imperdible...

—¿Has estado registrando la caja?

—No, abuela.

—No quiero que me escudriñes en mis cosas —recalcaba.

—No, abuela. Nada.

—Anda, si lo sabré yo...

Enseguida recuperaba un tono más alegre:

—Ven que te ponga un imperdible en la falda, el grande. Que sé que te gusta.

Me di cuenta, por la forma de mirarme, que sabía que ya había cogido uno. Una tarde buscando entre los ovillos empecé a desenredar uno de ellos, era de lana violeta y del tamaño de una pelota gorda. Cogí el cabo suelto que bailaba entre los tesoros de la cesta y empecé a anudarlo en mi dedo, seguí enredándolo para deshacer la madeja formando otra madeja. Había algo en el interior que crujía, algo cavernoso y atractivo al oído. Cuando la lana empezó a coger forma de ovillo, saqué mi dedo y seguí girándola para hacerla más grande al mismo tiempo que se hacía más pequeña la bobina original de la abuela. Una crecía vuelta a vuelta y el otro rollo se iba desvistiendo de sus capas para mostrarme su interior. La abuela no sospecharía nada porque seguiría quedando una bola de lana igual a la anterior y no cabría lugar a sus sospechas, sin embargo cuando iba formando y desmontando la madeja, vigilaba la puerta que daba a las escaleras como si ella, toda de negro, fuera a entrar alertada por su hocico. Me quedaban pocas vueltas, las que me conducían al tesoro.

No es que trate de recordar lo que estoy contando, es que lo estoy viviendo ahora mismito, como si hubiera sucedido el otro día. Aunque desconfío de la memoria de la misma manera que desconfío de los gatos; la memoria es una laguna traicionera en la que puedes caerte y ahogarte en cualquier momento. Funciona igual que las trampas para los roedores: notas un zarpazo en cuanto te acercas a oler lo añejo. Por eso mi recuerdo se ha quedado agarrado a la piel. Aquel día de verano, siempre es verano, descubrí que mi abuela había sido mujer.

Junto al antiguo quiosco de la feria había una fuente que disparaba agua si apretabas el pie. Junto a esa fuente desapareció para siempre el hombre al que quiso. Suplantando a mi abuela leí el siguiente texto que apareció en el centro del ovillo: «Querida Begoña, si ves que no estoy el día señalado es que he tenido que marcharme urgentemente con mis padres. Yo quisiera pasear a escondidas contigo por nuestro sitio, albergar la esperanza de tenerte para siempre sin miedo a ser vistos. Tengo la sensación de que deberemos esperar a otra vida para volver a tenernos. [ilegible] Te respeto y te añoro mientras escribo estas letras que sé que leerás con resignación, tal vez te has ido hacia el final de la alameda, tal vez sigues ahí en pie junto al sonido del agua. Yo estaré a estas horas de camino a no sé dónde me llevarán mis padres. Me quedo con el eco de tu voz imaginando mil y una veces una boda feliz en la parroquia, pero ya ves cómo discurre la vida. Me apena inmensamente. Y sé que no hay opción a tenernos… [ilegible]. Piensa que seré siempre el agua de esta fuente, que vendrás a beber y pensar en mí. Te he querido, te quiero y te querré. Agustín». ¿Quién podía buscar en un ovillo de lana violeta? ¿Quién daría uso a ese color? ¿Quién buscaría en el final del recorrido? Era una carta doblada en cinco pliegues que había servido para ovillar de violeta una historia que no pudo ser. Su historia, la de mi abuela, había quedado oculta entre vueltas y vueltas de lana. Leí el texto varias veces, preocupada por entender qué ponía entre las líneas que habían quedado borradas por los pliegues del papel usado. Me parecía mentira que una historia tan conmovedora formara parte de la vida de mi abuela. En algún momento dudé que fuera la carta de otra, que no le perteneciera, que el azar la hubiera llevado a coger papel como quien coge un cartón para ovillar lana. Sin embargo, estaba su nombre, Begoña. «Querida Begoña.» Una vez leída y aprendida, la oculté entre mis cosas como si ahora el escrito fuera mío. No alcanzo a imaginar cuándo esa carta pasó de acompañarla en el bolsillo del delantal a quedar escondida entre los cajones —mil veces leída y mil veces llorada— hasta pasar a formar parte de una madeja. Violeta.

Entendí que durante años nos paráramos a beber en la fuente de la Alameda como si fuera a aparecer un ángel. «Bebe aunque no tengas sed —me decía a modo de juramento—, la sed llega y ya no tienes fuente, así que bebe.» La fuente cambió de emplazamiento y pusieron un banco circular en el que seguí sentándome cuando mi abuela dejó de acompañarme a la feria.

Mi abuela había sido mujer. Las rosas debían crecer y morir en su sitio. No me asombra: siempre ha sido así. Qué decepción. Empecé a mirar a la abuela —siempre quejosa— de otra manera porque en su descontento habitual y quisquillosa vigilancia estaba escondida la abuela mujer, la que había callado su misterio haciéndose la fuerte. Igual que el ladrón oculta sus pruebas para no ser pillado, ella había ido ovillándose a sí misma de lana violeta. Creí que así debía ser mi vida. Miento. Creí que así no podía empezar a vivir. Durante años soñé que me envolvían de lana como los gusanos de seda se envuelven para suicidarse y me despertaba como una loca arrancándome las sábanas de la cama. Me juré —debería haberme prometido— que no doblaría en cinco pliegues mis ganas de escapar y que ni mucho menos olvidaría mis sueños tapándolos de violeta. Me juré —y a nadie puse por testigo— que mi fuente no sería reemplazada por ningún banco. Y que mi sed habría siempre de ser saciada.

¿Lloré?

9

Módulo nueve. Prisión.

—¿Lloraste?

—Escapé de allí.

10

Esa noche dormí peor. Quizá era una mezcla entre desorientación, tila sedante y ansiedad, pero sobre todo era una combinación a partes iguales de sublevación de la genética y fotografías. Les dije a María Luisa y a la Tere que había empezado a sentirme mal (no mentí) y que por eso tardaría en llegar a sus casas.

—No vayas a ponernos excusas, que últimamente estás muy rara. Tengo unos callos que me están matando. Vente para casa.

—¡Qué voy a estar rara!

—Estás rara. No te peinas, vas como una moderna.

—Pero...

Antes de que pudiera terminar la frase, la Luisa ya me había sacado el tema del enamoramiento. Me lo dijo suavemente, por si acaso:

—Angelita..., no vayas ahora a meterte en una relación, que no estamos ciegas.

—Luisa, luego voy. No tardo. —Quise cortarla.

—Ya verás como estás enamoriscada. Mal amén.

Y le colgué.

Me fui a pasear al parque con ganas de volver a cruzarme con Marcos. Era la sensación de algo primario, algo básico. Verle. Incluso olerle. La persecución de un sueño desordenado... A mí me hubiera gustado que la primera vez, en el cine, cuando me metí entre las adolescentes, se hubiera fijado en mí; que todo hubiera acabado en un bar, sentados muy cerca, hablando de sus cosas, de mis cosas, de nuestras cosas; y que se hubiera hecho tarde con la compañía de una mesa llena de vasos vacíos... y que me hablara de la película, de su próximo trabajo, de sus inquietudes, que me perdonara por haberle gritado tequieros para llamar su atención entre las fanáticas del cine y por parecer una mamarracha como las demás. Bueno, por querer quería que mi vida hubiera sido distinta. Elegí mal seguramente. O no sé.

—El corazón tiene razones que la razón no entiende, dicen.

—Eso dicen.

—Niña, la Tere piensa lo mismo.

—¿Qué decís? —pregunté arrodillada.

María Luisa había metido los pies en agua caliente y la Tere se había apoltronado en el sillón de la ventana con una revista entre las manos. Se había puesto un café con leche y dos gotitas de coñac. Lo único que la aliviaba y le animaba el día. Apestaba. La puerta de la cocina golpeaba por la corriente y fui a cerrarla.

—A mí este chico me parece monísimo.

—¿Quién? Que no me alcanza la vista desde aquí...

—Este —contestó Tere abriendo la revista y mostrándola en lo alto—. Marcos no sé qué. Es nuevo. Monísimo.

—Marcos Caballero —dije yo desde el suelo.

—¿Y qué dice?

—Que quiere ser actor, que no piensa en el matrimonio y que es ecologista.

—Todos con la misma canción, que si el miedo al compromiso, que si el ecologismo, que si las manifestaciones, que si las políticas… —apuntó Luisa.

—Si quieren que se metan a diputados, ¡qué cansinos!

—¿Estos? Son drogadictos. Mira qué flacos. Los artistas de antes eran guapos…

—¡Y limpios! Mira las camisetas que se ponen estos. Es que ni las planchan. Y ellas van hechas unas guarras, que se habrán acostado con los directores. Son como las cupletistas de antes, unas frescas. Y ellos…

—¿Ellos? Vamos, drogadictos. Te lo digo yo.

—A mí me parece muy… formal. —Es lo único que pude decir.

La entrevista no era larga, tenía algo de presentación ante el público y de promoción de su primera película *(Los días más felices)*. Por lo que decía era de esos jóvenes que quieren cambiar el mundo, lleno de sueños y de seguridad a la hora de hablar de su futuro cinematográfico. Comulgaba con la paz y con el ecologismo, decía que le apasionaba el mar, que tenía una colección de caracolas y otra de fotografías de Bette Davis. ¡Como yo! Hablaba de amor, pero sin la sensiblería típica de las revistas tan insistentes en la cursilería, contaba que todavía no pensaba seriamente en el matrimonio y que si lo imaginaba, sería en una capilla perdida en un acantilado.

—Fíjate qué mono. Esto es típico de los veinte años.

—Sigue leyendo.

—Vamos, vamos, vamos.

—¿Qué pasa?

—No muevas los pies, Luisa, que no quiero hacerte daño —le dije.

—... pues que, te leo lo que dice: «Me imagino casado con una chica normal y con muchos hijos por casa».

—Estos no se casan con chicas normales, se les acercan busconas.

—Con lo mono que parece el muchacho... ¿Tú qué dices, Ángeles?

—Que sí. Que me parece muy mono. Tiene pinta de educado. Y de limpio.

—Bueno, de educado no sé. Está bien, eso sí. Pero no entiendo por qué siempre les preguntan lo mismo. Qué cansinos los periodistas.

—¡Qué van a decir!

La Luisa movía los dedos de su pie derecho en el agua, jugueteando con las burbujas. La Tere leía en voz alta.

—No dice nada de sus padres. A mí me gusta cuando hablan de su familia.

—Di que sí. Que si su madre, que si su padre, que si sus hermanos…

—Hija, a mí me gusta. Cuentan sus cosas y, chica, me gusta. Ya le sonsacarán la vida y la novia de foto en foto.

—… En cuatro días este…, famoso.

—Mira qué bonito. —La Tere levantó la vista suspirando llamativamente para llamar nuestra atención—. Dice que su olor favorito es la hierbabuena, la albahaca y el romero…

Ya lo había leído. Me reconfortó como un bálsamo imaginar sus olores mientras limaba las uñas amarillentas de la Luisa. Estaba tan indefensa que apenas levantaba la vista de sus pies. La otra siguió:

—… y dice que aplasta hojas de flores entre las páginas de los libros, allí donde hay una frase que quiere memorizar.

Me gustó. Supongo que cuando leía, aspiraba el olor de las flores de la misma manera que yo también había empezado a pellizcar pétalos y hojas y a dejarlas olvidadas en las novelas.

—Colecciona caracolas de mar y billetes de metro. Qué raro, ¿no?

—Uy, qué ganas de limpiar el polvo.

—Hija, tendrá alguien que le asee la casa, tienen quien les limpie… —contestó la Tere.

Cada cosa que leían de Marcos Caballero empezaba a almacenarla en mis recuerdos. Afortunadamente, ni Luisa ni Tere tenían conocimiento de nada. Allí donde ellas leían una curiosidad, yo encontraba un motivo más para vivir. De hecho, días después empecé a convertirme en una cirujana de su vida, recortaba cada una de las fotos que iban saliendo en las revistas, escribía la fecha detrás de ellas y las guardaba en la carpeta azul cuidadosamente. Así, entre fotos y recortes, empecé a sentir que el «nosotros» era la persona más bonita del plural.

Sin embargo, en aquel momento yo todavía permanecía arrodillada mientras las escuchaba destripar aquella entrevista. Le empecé a rascar los tobillos a la Luisa, tenía las durezas secas agarradas a la piel.

—¿Te hago daño? —pregunté nerviosa.

—Lo aguanto bien... A ver las fotos, déjame la revista.

—Espérate a que acabe.

—Pues déjame la otra.

—Es la de la semana pasada. ¿Tienes alguna, Luisa?

—Es la única nueva. Si quieres el suplemento del fin de semana, lo tengo por la mesa...

—Léeme el horóscopo, venga.

—No me acuerdo qué eres... —preguntó Tere desde la butaca.

—Acuario. Desde que nací.

Cuando acabé las dejé trasteando, me metí en el metro y me fui al centro. Me dejé caer en un banco de la Gran Vía como si tuviera una conversación con la revista agarrada a las manos. Me empeño en contarle mi vida al primero que me escucha, pero era la primera vez que me veía contándosela a una fotografía con el quebradizo sueño de que los dos fuéramos un nosotros.

En casa recorté la foto con las tijeras de la costura. No solo era un chico guapo, alto, apuesto, de esos de belleza incontestable, también tenía una llamarada de seguridad en la postura; en pie, con las piernas cruzadas y ladeando la cabeza, su actitud era seductora. Su cara era perfecta, le brillaban los ojos con un punto de melancolía femenina y se apoyaba en un árbol envolviéndose con los brazos. El pantalón era azul, un azul imposible, un «azul lapislázuli», según precisaba el pie de foto. No era común, nada en él sonaba a común. Hasta el árbol parecía escogido para hacer las veces de modelo segundón avergonzado ante Marcos. Vacié una carpeta con recibos de la luz viejos e inservibles y coloqué la fotografía junto a la que guardaba del estreno, aquella que hice desde el balcón, y la del suelo. Coloqué las tres fotografías. Me sobraban razones para estar eufórica, pero seguía torpe, era desde hace un tiempo una mujer poco habilidosa para la audacia. Detrás de cada fotografía escribí en mayúsculas la fecha. Así lo hice con las siguientes. Mi equilibrio se aguantaba ahora en ir todos los miércoles a buscarle entre las revistas para ir almacenando su vida, mi vida. Descubrí que su color favorito era el verde, que leía novelas de piratas y de grandes historias centradas en Egipto, que su comida favorita era el gazpacho sin tropezones y que detestaba el conejo al ajillo, que medía exactamente 1,80, que pesaba setenta y un kilos, que había estudiado en Londres durante varios veranos al mismo tiempo que se ganaba la vida como camarero en una hamburguesería, que admiraba a Sean Penn y a Meryl Streep, que leía su horóscopo de manera enfermiza, que su vocación de actor le llegó un verano en Edimburgo cuando perdió a sus amigos y acabó enredado en un experimento grupal de unos actores británicos callejeros. Hablaba de dos intentos fallidos en dos series de televisión y daba las gracias al director de casting que confió en él para *Los días más felices*. Le gustaba discutir de extraterrestres y de la vida astral alrededor de unas cañas con los amigos, salía a pasear los domingos hacia el rastro con canciones de Jane Birkin al oído, aunque su grupo, contaba, el que gritaba a solas en casa a todo volumen, era un tal Depeche Mode. No sabía cocinar, quería aprender, pero preparaba cócteles a los que bautizaba con nombres de ciudades que quería visitar, mezclando todo lo que le sugería desconocerlas. Primero pensó en ser veterinario, pero se le cruzó la escena y esas cosas del cine empezaron a llamarle la atención; aun así, seguía esperando encontrar el día idóneo para tener perro en casa. Un perro grande, decía. Como el del anuncio. Le gustaba llorar en el cine y reír a carcajadas con películas malas, guardaba muchos billetes de metro usados y siempre celebraba su cumpleaños con los íntimos. No toleraba que criticaran a sus colegas, podía hablar con ellos hasta aburrirse, la copa era siempre la penúltima, se amenazaban con viajar eternamente en pandilla y el Palentino era su lugar fetiche de Madrid donde pedía un vaso de café con leche en vaso tubo para coger fuerzas. Adoraba las peras, su asignatura pendiente eran las matemáticas, copiaba en los exámenes, dibujaba pinochos y gatos como el de *Alicia en el país de las maravillas*, no había leído la Biblia ni el *Quijote*, temía la muerte y envejecer, quería manzanas rojas, cerezas con rabo y ropa interior blanca. Brindaba con vino tinto, pero le gustaba el sabor insípido y soso del agua fría. Cuando alquiló su casa, tiró todos los tabiques porque siempre quiso vivir en un loft neoyorquino, colocó un ficus y una gran alfombra para acotar una zona cerca de los balcones que llenó de almohadones. Era la forma en la que controlaba su espacio, su mundo más íntimo. En una de las fotos de las semanas siguientes se le vio acurrucado en el suelo junto a un montón de caracolas de mar, algunas tan llamativamente grandes que parecían rocas gastadas. Hablaba del Mediterráneo, de cuando de pequeño —recordaba— jugaba escarbando entre la arena en busca de diminutos tesoros como conchas, caracolas y cristalitos moldeados por la mar, salados por la espuma, y monedas del extranjero perdidas por extranjeros. Aprendí que lo que buscaba haciendo agujeros en la orilla era amanecer en Australia a fuerza de cavar, porque —había leído— si seguía explorando como un buzo, la isla de los canguros coincidía en vertical con su casa. Él mismo se reía ahora de sus rastreos infantiles en los que pasaba horas de verano. Decía que lo primero que miraba de una mujer eran sus ojos y sus piernas. Aquel comentario me puso colorada: como si una cosa llevase a la otra, pensé. Evité esa entrevista en la que solo le preguntaban por chicas. No dejaba de sonreír nunca y, sin embargo, yo empezaba a adivinarle cuándo esa sonrisa era auténtica y cuándo era forzada para la foto. Primero porque le favorecían exageradamente sus dos hoyuelos en las mejillas y, segundo, porque cuando desaparecían se apreciaba una diferencia que le cambiaba completamente la sonrisa. No empeoraba, era diferente. En algunas se me ocurrió que guardaba una tristeza maquillada de sonrisas. Irradiaba algo especial, una timidez mezclada con bravura, más de lo que nadie podía esperar de un ser humano. ¿Exagerada? No lo sé. Se le veía puro afecto, justo uno de esos chicos que enamoran a las niñas y a las madres.

En su dormitorio guardaba velas. Yo pensé que era un romántico o un seductor, o que lo decía para provocar escenas de película entre sus admiradoras con las que alimentar sueños eróticos; sin embargo descubrí que era para las tormentas, que guardaba velas siempre a mano porque tenía miedo de los relámpagos y que temía quedarse sin luz. Me dio pena. No me lo imaginaba miedoso, lo quería valiente y seguro como aparecía en sus fotos, como su papel en el cine, como debían ser los fuertes, como yo lo imaginaba. Por eso me dolió descubrirle un temor entre sus respuestas, que, en un acto de sinceridad ante el entrevistador, dijo arrastraba desde la infancia.

Mi abuela era así, mi madre era así y yo era así. Sé qué sensación era esa, me sentí unida a él pero lejana al mismo tiempo por no poder ayudarle. Lo quería fuerte, invencible como esos cuentos de piratas que coleccionaba o navegando mares llenos de caracolas gigantes. Cogí mi libreta y apunté la palabra «tormenta» varias veces para que se gastara de tanto escribirla, para eliminarla del diccionario y evitarla de él. Tanto que se me rompió el papel...

«Tormenta,
tormenta,
tormenta,
tormenta...»

La foto de aquella primera entrevista permanece bien visible aquí en prisión.

—¿Qué te pasa? Estás dando demasiadas vueltas. —Era Gaby, mi compañera de celda.

—Me gustaría que dejara de llover.

—¿Te dan miedo las tormentas?

—No tanto por mí.

—Pues pasará rápido. Conozco bien el cielo. Me he pasado mucho más tiempo en la calle que aquí.

—Y además está anocheciendo...

—No te pongas nerviosa. Pasará.

—Ahora habrá encendido una vela...

—¿Quién? ¿El de las fotos?

11

La chica con la que le relacionaban era una rubia con la boca gruesa. Ojalá fuera solo eso. Era la tercera vez que se les veía juntos y resultaba llamativo que aparecieran los dos, las tres veces, cogidos de la mano. Me atrevería a decirlo claramente, era ella la que le cogía a él de la mano en las tres ocasiones. Por esa razón se me atragantó la muchacha, distaba mucho de parecer una imagen romántica. Si me acercaba al detalle de las manos, lo que suponía ser un lazo de dedos no era más que un nudo del que ella tiraba gobernando el paseo. Por eso mismo digo, y seguiré diciendo, que lo que se veía era un simple maridaje con fecha de caducidad.

—Ave María Purísima —dijo con todas sus letras la Luisa mirándonos a la Tere y a mí revista en mano.

—Ave María Purísima —contestamos por seguirle la corriente.

—¿Qué os dije? Lo que ha tardado en aparecerle muchacha al chico nuevo este.

—Marcos —aclaré yo.

—Qué flaca.

—¡Dios mío, cierra esa ventana!... Pues ya me gustaría a mí estar así de delgada.

—¿Qué son? ¿Novios? Ya la cierro…

—Pareja, dicen en la revista.

De todas formas, dijeran lo que dijeran, un cuerpo tan delgado y andrógino como el de la chica, que prácticamente no alimentaba, resultaba triste y correoso, pensé.

—Demasiado nervio para tanto pelo rubio y tanta boca.

Pese a la ensalada de adjetivos que derrochaban en uno de los reportajes, perdía el tiempo la rubia. Ya podía sacar una colección de minifaldas, ojitos y caiditas de pestañas que Marcos no estaba enamorado, estaba instalado en el purgatorio de las relaciones que no van a ningún sitio. Y de estas, yo sabía bastante. Tere, que lo notaba también, acababa de decir:

—Míralo en esta foto, Luisa. ¿Te acuerdas de tu Jose? Se le parece…

—Mi Jose estaba hasta los huesos de amor… Aquí no veo yo meneo. Pero sí que tienes razón, se le parece.

—Igualito —contesté sin levantar la vista de los pies de Tere.

Así que primero leí la entrevista con las conjeturas que hacían los del semanario, cimentaban la «relación» en los coqueteos que se habían dado a la salida de un cine, en una terraza y en la puerta de su casa. Una fotografía en su portal que casualmente les habían hecho justo cuando yo había renunciado a la persecución por un tiempo.

—Enséñame la foto —le dije, más curiosa que envidiosa.

—Mira. Esta es.

—Pero mira que es flaca...

Era almibarada, pero en absoluto auténtica y pura. Y, cómo no, una inmadura, o eso deduje de su forma de vestir, incapaz de sentar la cabeza. Lo peor de todo (me estaba despachando a gusto) es que parecía de esas que saben envenenar lentamente, con pequeñas dosis espaciadas. Era pava. Una pava.

—Una pava.

—Eso.

—De las que se emborrachan y empiezan a dar risitas como gallinas, cacareando.

No sé cuánto estuve mirando la foto, analizando la primera, la segunda y la tercera toma. A lo tonto había estado toda la mañana preocupada por una que «ocupaba su corazón, bla, bla, bla». No me hacía ninguna gracia, no sé si ha quedado claro. Tenía razón la abuela. «Me gusta aquel chico», le confesé un domingo a la salida de misa. Era un chico moreno, de mi misma edad, jugaba al fútbol y tenía los brazos siempre llenos de heridas. Yo creía, lo creía de verdad, que estaba ante el hombre de mi vida; creía de verdad que me acababa de convertir en la chica más afortunada de la calle porque me iba a embarcar en una relación, iba a ser la única de mis amigas con novio. Pero no conseguí nada, ni cartas de amor, ni besos, ni esperas a la salida del cine, nada. «No te gusta», me dijo, aficionada como era ella a las frases cortas. A mí me dejó helada porque yo intuía que como era el hijo de una vecina de la calle, concretamente cuatro portales más arriba, le parecería muy bien que yo tonteara con aquel chaval. Sin embargo me dijo que no. «Este no te conviene —remató la conversación—, ese va a lo que va.» Aceleré el paso, atravesé la calle dando coletazos y dejé a mi abuela detrás con la compra, para que se tragara su comentario y el cerrojazo que acababa de darle a mi incipiente relación. Cuando yo estaba «fuera de mí», me gustaba que se me notara, incomprensible, y daba golpes de melena agitando mi coleta hacia los lados y mordiéndome los labios, a veces, hasta hacerlos sangrar.

—Tú sabes que lo que te estoy diciendo es la verdad.

¡Yo qué sabía si era verdad, aquel era el guapo de la calle! A mi edad yo no sabía aún de princesas desterradas, ni de ranas embaucadoras. Yo sabía de princesas con trenzas largas y arrojadas por el balcón. Mientras ella cargaba con las bolsas yo cargaba con mi terquedad. Me entraron los siete males porque ahora, habiéndole elegido de entre todos, me tendría que dejar de gustar, y —soy sincera como lo podríamos ser todos— hacer ese recorrido a la inversa es devolver dinero de una inversión fallida. Empleé buena parte de mis energías en dejarla de hablar, le ponía mala cara en los desayunos, en las comidas y en la cenas, dejaba mi cama sin hacer o la revolvía conscientemente para que le costara más encontrar las puntas de las sábanas. Mal. La cama me la volvía a hallar tal y como la había desordenado. Y lo más terrible de todo, lo más cierto, es que me costaba hacerme la burra porque cuanto más turbia me ponía, más me encaprichaba, ya que mi abuela no se inmutaba. No nos dijimos nada desde la salida de misa. Nos limitábamos a mirarnos sin discutir, y con los días ella estaba eufórica y yo deprimida.

No se equivocaba, no me convenía. Pero duele reconocerlo. Lo que pasa es que en aquel momento me molestaban aquellas coletillas futuras de «con la edad» y los «ahoras». Cuando me acerqué a su pandilla, temblorosa y cruzando los dedos en mis bolsillos, le dije que se acercara, vino con prisas, pero no con prisas por verme, sino con prisas por volver a la explanada para seguir jugando. De hecho les gritó con el balón en la mano: «¡Ahora vengo!», así se aseguraba que paraban la partida. Me enfrenté a mí misma y dije: «No podemos salir»; él dijo simplemente: «Pues bueno». ¿Pues bueno? ¡Pues bueno! A él le daba igual y yo me sentí perdida. Lloré interiormente pero no se me notó ni pizca. Volví a acompañar a mi abuela a la compra mientras hablábamos de la semana de feria, del vestido nuevo o la torta salada que íbamos a hacer a medias. Ni se mencionó de nuevo el nombre de aquel chaval, nunca más, de hecho desapareció de mis conversaciones y de mi mirada, lo hice invisible, lo que no se nombra no existe; y eso que la pelota se le escapaba calle abajo diez veces al día y me lo encontraba en la ventana fingiendo que daba patadas al balón con los demás chavales. Se me empezó a convertir en un pesado, perdía el control de su pelota demasiadas veces sin que nadie, excepto él, fuera a recogerla hasta mi ventana. Cuando veía a sus amigos, pensaba que estaban sin él, que ni siquiera les acompañaba en el grupo. Opaco como una madera. A veces estuve observándole desde casa, desde el ventanuco que teníamos bajo el tejado y en el que siempre había colgada una polea que ni subía ni bajaba nada; al volver a mirarle —fue como un proceso— empezó a parecerme demasiado desgarbado, había cambiado de tamaño mal, las heridas que antes le hacían fuerte y atrevido ahora se me antojaban de flojo y tontaina a fuerza de porrazos. No sé el tiempo que pasó hasta que volví a dirigirle la palabra. Se limitó a mirarme fijamente con unos ojos desproporcionados.

—Hola —dijo.

—Hola —articulé.

La cosa nunca pasó de aquellas dos palabras repetidas como un espejo. No dijimos más ni él ni yo. Se me ocurrió pensar que si hubiera empezado la relación aquel día que insistí en enamorarme del futbolista de la camiseta con el número tres de mi calle, ahora me encontraría con la versión pobre de aquel chaval resplandeciente que un día me tenía loca. A esa edad yo era capaz de ver príncipes en todas las ranas, incluso en todos los sapos. La verdad es que esto tarda en irse, no he sabido contenerme. Creo que incluso ni se va. Pero entonces, en aquellos días de preadolescente, vi la rareza del amor cara a cara, un ejemplo claro de que a veces en la fase de enamoramiento uno idealiza demasiado al otro y los defectos se hacen pequeños hasta el punto de desaparecer. Son los amores platónicos que nunca pasan al descaro gracias a que alguien cercano hace de arcángel san Gabriel y nos anuncia al contrario que a María que no, que no hay que tirar adelante. El pelo se lo había cortado a cero, como una bola; los dientes los tenía revueltos y capitaneados por dos palas rotundas, y la masculinidad había empezado a aflorarle por una especie de bigote difuso que todavía no había llegado el turno de afeitar. Fue la primera vez que le vi feo. No lo volví a ver guapo en la vida. La abuela había ganado la batalla. Y yo había aprendido la lección de las princesas desamparadas.

Ahora yo tenía la sensación de mi abuela. Esa chica, la pava de la boca gruesa, no me gustaba. Me sonreí, no pude evitarlo, mis genes estaban respondiendo como un ejército de rusos, uniformados y milimétricos, sin error alguno. Aun así, recorté la foto y la uní a la colección de la carpeta después de anotar la fecha por detrás de la imagen. Dediqué los días siguientes a pedir revistas viejas en la peluquería, en el bar, en casa de las vecinas..., las requisaba en busca de más fotos. Por lo que se deducía, la rubia había aparecido ahora, tras el estreno. A partir de la fecha me tropecé con otra instantánea en la que se les veía a uno más cerca del otro y señalaban que se habían conocido en el rodaje de la cinta. Los amantes, solos o en compañía de amigos, aparecían con frecuencia charlando de esto o lo otro, y siempre ella agarraba de la mano a Marcos con regocijo, igual que los perros mean para marcar el terreno.

Mientras leía y hacía recortes con las tijeras en busca de fotos, Marcos estaría con ella, tal vez a punto de ser pillados por otro fotógrafo o tal vez en su casa. En la cama. La entrega física de la chica de la boca gruesa a Marcos se me aparecía como un fantasma. En ese momento no quería avanzar más en mi imaginación, estaba fabulando demasiado (otra vez), buscaba la calma en la cocina ordenando cajones o recolocando los carretes de hilos de la máquina de coser: rojos, azules, verdes, grises, amarillos, blancos..., ninguno violeta. Separar por colores todo el cajón de costura me ayudaba a aliviarme de aquel estado de ánimo desasosegante e imprevisto. Era inexplicable cómo la veía besándole y tomándole por la cintura, diciéndole cosas al oído, susurrándole sexo, aspirándole suspiros y comiéndole a mordiscos, mezclándose los olores de ambos... El fantasma regresaba a mi cabeza sin pedirme permiso. Fabulaba la escena con horror. Me iba al baño y me ponía crema hidratante en las manos, en los brazos, en las rodillas, en los tobillos… para relajarme por fuera, para intentarlo por dentro. Nadie sabe cuánto la detestaba.

12

En la cárcel no me dejan tener perfume. Dicen que las presas se lo beben como si fuera alcohol y lo mezclan con zumo para hacer cubatas. Pensaba que yo era la única loca del mundo y resulta que aquí uno se trastorna tal vez mucho más. O ya venimos trastornadas de fuera. Quién sabe. Cubatas con perfume... El caso es que no me vendría mal uno, aunque fuera de Nenuco. Sería capaz de bebérmelo para conciliar el sueño aunque me calcinara la garganta... Así que me encuentro sin su perfume, me lo han requisado. Ahora me toca aferrarme al recuerdo de aquella esencia tan característica. La funcionaria me lo quitó en la entrada, junto con los cinturones y las horquillas. Sin embargo huelo su olor en la libreta en la que he ido escribiendo todo...

Encontré a Marcos en el bar Palentino, bajando por la calle del Pez. La verdad es que me sentí contenta porque poco a poco descubría que toda la información de las revistas sobre él era real. Conocía la intimidad de su presente aunque no me lo contara. La cristalera estaba llena de vaho, pero se le podía adivinar entre tanta gente. Disimulé pasando de largo, pero me quedé en la plaza vigilando la puerta. Era la cuarta vez que pasaba la tarde con sus amigos en ese bar, al menos la cuarta que yo tuviera controlada en mi libreta; lo habían elegido como lugar de moda y los dueños, unos señores de canas y respetable historia, se encontraban ahora con la modernidad de la zona a tiro de caña. Uno de los que se unían con ellos también era actor, me sonaba de verlo en alguna de las fiestas que salían en las revistas, un tal Hugo o Rubén. No lo recuerdo bien. Escuché que les gritaban desde fuera para que salieran a hacerse una foto con unas fans que estaban apostadas bajo el balcón; ellos salieron, los dos, tanto Marcos como su amigo. Volvieron a entrar lo que tardaron en hacerse la foto y regalarles dos besos. Me habría conformado con ser la de la foto, la que se pegó a su derecha, pero mi propósito era más discreto y, sin duda, mucho más firme. Esta vez iba en serio. Si hay algo que me gustaba era sentirle reír a carcajadas desde fuera, ya reconocía su sonido entre los demás y me entraba un cosquilleo de alegría cada vez que soltaba sus risotadas. Me pedí un sándwich en el ultramarinos de enfrente, uno de atún que resultó bastante seco. Las dos horas que llevaba esperando mientras les escuchaba me habían dejado hambrienta, un poco cansada, sin embargo me encantaba ver las entradas y salidas de los clientes del Palentino. Una chica chillona, dos pensionistas, un grupo de jovencitos clónicos, un estudiante solitario, ellos entre la muchedumbre, unas chicas despeinadas a propósito…, todos de cañas y bullicio. La media tarde se alargaba y acababan rondando por la zona de bar en bar, muchas veces hasta muy tarde. Hoy continuaban allí como si fueran empleados del local, unas veces en la barra y otras pegados a la mesa del espejo. Cuando me acabé el sándwich, vi que entraba una joven con prisas, la vi pasar de espaldas y en principio no reconocí su cara, parecía nerviosa. Apareció con un enorme bolso marrón de logotipos de marca dibujados, y cargada de folios en la mano, en carpetas transparentes. Se quitó el chaquetón y lo dejó amontonado junto a otros que se acumulaban encima de la máquina tragaperras. Al abrazarse a Marcos me di cuenta, pude verla bien, era la chica de la boca gruesa. La pava.

Cuando llegó es cuando empezaron a liarse un porro. Tenía un punto de patética, disimulaba para sacar la mercancía de su bolso haciendo de barrera con ella misma para que no se la viera. Me di cuenta de repente de que era la que dominaba la escena, la que con su invitación a fumar jugaba a ser la líder de los amigos. Hablaba tocándose la melena de un lado a otro, pasándose la mata de pelo de derecha a izquierda y de izquierda a derecha, se lo enredaba a modo de moño y volvía a soltarlo. Me dieron ganas de entrar y arrancárselo a tijeretazos. Sabía que estaba siendo observada por algunos de los clientes porque saludaba insistentemente a otros conocidos llena de amaneramientos y disfrutaba de acercarse a Marcos, colgarse de su brazo y dar dos caladas al canuto.

Intenté sentirme culpable por estar siguiendo todos los pasos de Marcos, pero no lo conseguí. Era muy extraño de explicar, me molestaba verle en esa intimidad tan personal y desconocida, sin embargo al mismo tiempo disfrutaba de mirarle, de observar sus gestos, de verle con sus amigos. Temblaba incluso de emoción al verle tan cerca, tan alto, tan guapo, tan feliz. Marcos se mordía el labio inferior muy a menudo, parecía un tic que se le activaba cuando se evadía de la conversación y pensaba en otras cosas, se quedaba ausente mirando entre las botellas de licores traspasando la mirada perdida hacia la calle. Cuando, en cambio, le gustaba la charla, no dejaba de tocarse el lóbulo de la oreja. Asumí el riesgo y pasé a la barra.

—¿Has leído lo que han publicado?

—No, cuenta.

—No poco, seguro que lo sabes.

—¡No, coño! Cuenta.

—Dicen que te nominan por tu papel en la peli. Que estás que te sales, tío.

—¿Dónde lo has visto? Ya me gustaría… —sonrió.

—Te lo dije, la peli está genial, tú te sales. Los dos sabíamos que te había tocado el gordo con el papel.

—Hombre, me lo curré bastante. No ha sido lotería, no jodas.

—A ver si me entiendes, no me malinterpretes. Ha sido la bomba, te toca un caramelo, te sale bien y… ahí vamos…, ahora te premian. Un año redondo.

—Mola.

—Eres lo más, tío. No te quejarás de la suerte que tienes, ¡qué más puedes pedir! ¿Cuántas ofertas tienes? Te has mamado la suerte, tío.

—Ahora estoy hecho un lío. No sabía que iba a salirme tan bien. La verdad.

—Pido cuatro cañas más —dijo ella dirigiéndose a la barra.

—Eso, pide otra ronda. —Los dos levantaron los vasos fingiendo un brindis—. Ha ido bien, ahora espero que no se tuerza, que no quiero darme un hostión después de una peli así. Cruzo los dedos. Desde pequeño nunca he sido un tío con mucha suerte...

Me mató esa frase. Clavé los nudillos en la barra del bar Palentino hasta que el anillo se me marcó en la piel y empezó a sangrar. No me di ni cuenta. «Desde pequeño nunca he sido un tío con suerte...» Lo único que podía hacer era escuchar. Me llevé la mano a la boca para lamerme el corte, lamiéndome la herida como los perros. Lo estaba escuchando todo de espaldas, con el reflejo de sus caras en el espejo de los precios escritos de colores. Saqué del servilletero el papel suficiente para parar la llaga y alguien se movió a mi lado. La pava se había hecho hueco entre la clientela para pedir las cañas y la sensación fue comparable a cuando sabes quién es el asesino en las películas y necesitas gritarlo al infeliz que no lo sabe. No dejaba de moverse inquieta. Estábamos brazo con brazo en una extraña intimidad momentánea, molesta. Ella se hizo hueco a brazadas y le susurró al camarero: «Ponnos cuatro cañas más», así dicho despacio, con la lentitud minuciosa que da el hachís.

—¿Te pongo algo? ¿Cacahuetes? ¿Algo salado? ¿Patatas?

—Ponlo en la cuenta de Marcos, que paga él. —Guiñó el ojo.

Estaba deseando sacar las tijeras con las que recortaba las fotos de las revistas y volverme esquizofrénica en medio del bar. Me miró de reojo. Sonreí para evitar que leyera mis pensamientos. Allí donde mirara de su cara solo veía labios, unos labios hinchados, gruesos, artificiales, absurdos. Olía a porro. Acababa de encender otro y aspiró el humo profundamente para soltarlo mirando el techo del bar. Se me había quedado la frase de Marcos, «desde pequeño nunca he sido un tío con suerte».

Aquella tarde no pude disimular mi desánimo, me entristecía que se sintiera desafortunado. Ni siquiera podía abrazarle para llevarle la contraria o para borrarle esa sensación. Me sentí rara. Me sentí fuera de lugar en el Palentino. No podía participar ni de la conversación.

—Yo tengo unas pruebas la semana que viene —dijo Hugo o Rubén cuando se acercó ella con las cañas—. Mi agente me ha buscado un papel para una serie. Tiene confianza en mí para el rol de enfermero. A ver, no es un papel de puta madre, pero en las series si va bien te forras. Dos temporadas y subidón. Me ha puesto en contacto con el director, que resulta que fue profesor mío en la escuela, el de análisis.

—En la otra te fue de escándalo —le recordó Marcos efusivamente—. Ya me hubiera gustado estar en un curro tanto tiempo seguido.

—A ti te pueden llamar ahora para cualquier principal.

—Estoy pendiente..., es mi primera película. No cantes victoria.

—Yo no me quiero hacer ilusiones —dijo el otro resignado.

—Pues mira, mientras te haces ilusiones eso que te llevas. Así has recorrido medio camino. Luego si no sale, pues no sale. A mí me salió la peli y... buff.

—¡Somos actores! ¿No? —soltó el amigo en tono grandilocuente.

—De vez en cuando —dijo Marcos—. De vez en cuando.

—¿Cómo?

—Es una broma, pavo. Lo somos, claro que lo somos —aclaró Marcos para que el otro entendiera la ironía.

—¿Queréis una calada? —llegó ella con una sonrisa de fumada.

Sentí que había llegado la hora de irme. Pagué mi café con leche y salí a la calle. Desde fuera la escena era la misma, me giré desde el quiosco para verle como si le deseara buenas noches.

«Buenas noches.»

Era consciente de que probablemente parecía una idiota. No eran horas para estar pendiente de Marcos, pero se me pasaban las horas mirándole y acariciando su cercanía. No sé cómo lo conseguía, pero me olvidaba de mí si lo sentía a pocos metros. Esa noche eran ya las dos y había bastante silencio. Lo que sucedió entonces es una prueba de que los sentidos se comportan de otra manera cuando estás fuera de ti a cuando la serenidad te domina. Me asusté bastante andando sola camino de casa. Primero oí unos susurros, luego me pareció que me seguía un grupo de borrachos por la calle de la Madera, aceleré el paso, iba notando sus risas por detrás mucho más cerca, el destino parecía escrito a esas horas en las que debería estar en casa. Corrí más aprisa y giré la esquina, pero al salir a la bocacalle estaban de nuevo, me parecían cuatro, cinco, tal vez más, no quería girarme para que no percibieran mi miedo. Me apreté los brazos contra el pecho como si quisiera asegurarme a mí misma y empecé a rezar las cuatro cosas que me venían en ese momento a la cabeza. Les oía el eco del entusiasmo que llevaban entre ellos y me estremecía porque no me cruzaba a nadie por las calles. Aquellas voces me tenían desconcertada. Roncos, desagradables. Pensé en meterme en un portal para fingir que buscaba las llaves y que estaba ya en casa. No soy tan audaz y no estaba segura de que fuera a ser la decisión más acertada de la noche. Seguí acelerando el paso hacia arriba más temblorosa que nunca. Les podía notar el aliento en la espalda, casi escarbándome en la nuca. Como si se estuvieran riendo de mí con esas voces sucias. Tropecé en uno de los contenedores de basura y me vine abajo. Me derrumbé.

—¡Se ha caído! —escuché cuando se acercaban.

—Irá borracha.

—No se encuentra bien —dijo otro—. No está borracha.

—No me hagáis nada, por favor —supliqué.

—Señora, no vamos a hacerle nada. Nos parecía que iba tambaleándose. ¿Quiere que la acompañemos a un taxi?

—No, no, no quiero nada.

—¿Lo ves? Está borracha.

—Dejadme, dejadme, ¡dejadme todos! —repetía todavía nerviosa.

No estaba borracha, estaba herida de culpa. Así me dormí. Acurrucada entre los contenedores, tumbada de lado y pegada a la pared. No podía continuar así, no sabía cómo seguir. Efectivamente, me estaba comportando como una idiota y podía caer en el trastorno. Me había dejado llevar por algo que no sabía explicar y que, en realidad, necesitaba. Al día siguiente era martes, ya era martes de hecho, salí de mi pozo en dirección a la parada de metro para irme a casa. Tomé primero un café con leche en la cafetería de los churros durante un tiempo indeterminado, tal vez mucho, me dolía todo el cuerpo. Yo, claro, esta vez ni canturreé *Moon River,* ni la naturaleza me permitía estar centrada. Además, la noche me dejó una voz rota, desconcertada; llevaba horas aguantando las ganas de llorar y ese tipo de angustia no mejora la voz para ponerse romántica. Matilde la panadera venía caminando por la calle sin el delantal blanco (por eso no la reconocí), de verde pistacho y peinada con moño, se quitó las gafas de sol y avanzó hacia mí como un huracán.

—Pero ¿qué haces aquí? ¿Cómo no has entrado esta mañana? —me preguntó lozana como siempre.

—Tengo pan de ayer, me quedaba media barra y la he metido en el congelador… —Desvié la conversación—. ¿Y tú? Qué guapa de buena mañana.

—Voy a la peluquería, bueno, vengo. Es el cumpleaños del pequeño de mi hermana.

—Hala, hala. Pues a pasarlo bien. Venga —le dije despachándola con una sonrisa.

—Tú tienes cara de cansada, no será una recaída..., no me digas que vas mal de trabajo… Te dije que te voy a buscar algo.

—Gracias, Matilde.

—Y, sobre todo, cuídate. Pásate por el horno, le hará ilusión a las chicas. Creo que la pequeña me dijo que quería que le arreglaras un jersey de cuello vuelto, uno que le encanta y al que ya se le han ido los puntos del codo; ya sabes cómo son, se ponen las cosas cuanto más gastadas mejor. Yo, por mí, se lo tiraba, pero me mata. Me sobrepasa que tenga tan buen cuerpo y se vista como una hippy, va hecha una trasto, con lo mona que es. Yo a su edad…

Matilde no iba a ningún cumpleaños. Era martes. Sentí que ella estaba guardándose un secreto. Lo noté en su mirada furtiva ajena a la verdad y por lo habladora que estaba a esas horas. Iba disfrazada, más maquillada de la cuenta… Ese tono estridente que delata la clandestinidad. Qué curioso, pensé, todos guardamos secretos. Sé cuándo alguien se guarda una confidencia para sus adentros porque en mi familia todos hemos guardado secretos bajo los ovillos de lana. Todos.

Me comí un bocadillo de sardinas en el bar para coger fuerzas, junto al mostrador. Quería pensar que todo lo había soñado, que era producto de mi mente desordenada y febril, pero me empeñaba en creérmelo, y me descompuso verme tan descentrada. Sin más remedio que admitir que estaba dejando de ser la mujer que se merecía Marcos, la facilidad con la que estaba desordenándome era típica de quien se vuelve loca, loca de amor. Ni estaba para perder los estribos, ni tampoco para levantarme derrotada de entre dos contenedores. Tal como estaba, en el límite de la confusión, lo que debía era volver a casa. Pero no a la casa física, sino a la mental. Ducharme, tumbarme boca arriba, abrazarme a los recuerdos más hermosos y admitir que debía pasar a otra fase. De hecho, estaba tan ofuscada que no fui consciente de que me había cruzado con él al salir de la cafetería hasta que caminé unos metros y descubrí que el perfume que se había alojado en mi cerebro era el suyo. Me giré y me puse nerviosa, pasmada pero histérica de emociones. Lo reconocería en una manifestación de periquitos y gatos malolientes, por eso me giré. Me giré y estaba allí, de carcajadas con los dos hombres y decía algo de que «todo irá bien, siempre irá bien» mientras agarraba de la mano a la chica rubia de boca gruesa o ella lo agarraba a él. Murmuré bajito: «Todo irá bien, seguro que todo irá bien», haciéndome cómplice suya. No me vio porque los fotógrafos empezaron a asediarle con sus flashes en una cruel batalla de empujones y voces por la acera, pero tuve el tiempo justo para darme cuenta de que se escapaba de la mano de la chica al segundo disparo de flash, la de la boca gruesa. Supongo que para no regalarles la foto.

Seguí caminando más relajada hacia casa, tal vez menos

anestesiada que antes y con sus carcajadas de fondo como una música que me acompañaba segura pero dolorida. Al miércoles siguiente salió esa foto en las revistas. La que acabo de pegar en mi celda junto a la del reportaje en la playa. Se nota mucho en esta foto que estaba de descanso, se descuida un poco, no se afeita y repite camisetas, algunas que solo se pone para correr por las mañanas. He seguido colgando algunas fotos en mi nueva pared, pero ahora las más sentimentales las estoy dejando apoyadas tras la ropa que he dejado doblada en los estantes encalados de yeso. No quiero que les dé la luz desde el ventanuco por si se me las come el sol y se quedan blancas. Quiero que mi mural, aquí, en esta celda, sea una sucesión de bonitos recuerdos y no una colección de fotos desteñidas. Sobre todo este retrato con un traje oscuro. ¿De cuándo era? Se nota que iba perfumado.

El aroma me viene de nuevo a la mente. Cual Jean-Baptiste Grenouille. Me empeñé en querer buscarlo una de esas tardes en una perfumería y la obstinación me costó salir borracha de olores. Era como haber bebido y mezclado alcohol. Estuve semanas con dolor de cabeza por mi torpeza. Pero por burra seguí igual, cuando veía una droguería, me colaba disimuladamente para probarme todas las colonias masculinas hasta que se acercaba la encargada.

—¿Desea alguna en especial? ¿Quiere que la atienda?

—No.

Era oírla y un resorte me hacía huir de la tienda trotando. Así, terca e ilusionada, fui peregrinando por todas las perfumerías del barrio hasta que acabé en El Corte Inglés de Preciados. Me propuse encontrarlo en el laberinto de olores de los mostradores; no era fácil, destapando los probadores y manchándome la piel poquito a poco en algún trozo libre del brazo. Al rato me notaba exhausta porque se me mezclaban las colonias y no era capaz de distinguir una de otra, empezaba a ponerme borracha. Además, mi única referencia era mental, debía recordar la primera vez que me crucé con él en su puerta.

Miraba los frascos y evitaba dejarme llevar por la forma o por la presentación de colores de los cristales, por eso distribuí la planta baja de los grandes almacenes como el mapa de un tesoro. Sabía que él, al menos en esencia, estaba allí. Escondido tras las cajas. La nariz se me taponaba a los pocos minutos, después de haber olido cuatro o cinco perfumes. Así que volvía a salir a la calle para dar una vuelta a la manzana y volver a entrar disimulando entre los expositores. El guardia me miraba. Así pasaron tres días. El cuarto, recuerdo que era viernes, me sorprendí cuando una de las dependientas le ofreció a un señor perfumarse de la botella que llevaba entre manos, cerré los ojos, sentí que aparecía de nuevo. Marcos Caballero estaba en el aire.

—Perdone, ¿qué perfume es ese? —le pedí a la chica.

—¿Quiere probarlo? —Y disparó sobre una bandita de cartón almidonado para agitarlo después en el aire y ofrecérmelo.

—Me gusta. No sabe cuánto me gusta. Es él.

—¿Lo quiere para regalo?

—Sí. Para regalo.

He abierto la libreta para aspirar el olor a Marcos. El perfume se nota en cada una de estas páginas en las que he ido anotando todo. Huele aún. Menos mal. Es la única forma de que me acompañe, de que me abrace día y noche.

13

Aquel mes de noviembre estaba acabándose. Hacía ya frío en Madrid, tenía mucho más trabajo que de costumbre arreglando pantalones y remendando jerséis, y me permitía poder ir comprando más revistas en busca de Marcos. Para ser su primera película estaba saliendo mucho. Yo iba a casa de la Luisa, donde concentraban las bolsas con la ropa para arreglar, cubierta con mi abrigo azul marinero y los guantes puestos. Me gustaba ponerme ese gabán porque era de paño grueso y me sentía protegida desde las rodillas.

Antes de llegar a la casa de la Luisa, paraba a tomarme un café con leche caliente —en vaso de tubo— en el Comarcal de Pacífico, donde la temperatura estaba siempre más alta gracias a que la caldera estaba rota, pero además —para qué negarlo— donde siempre tenían revistas amontonadas junto a los periódicos. En fin, venía a calentarme el pecho, pero también a arrancar algunas páginas en las que lo encontraba. El dueño no reparaba en ello porque con lo manoseadas que estaban algunas yo creo que agradecía que las fuera deshojando y evitándole más montones. En días así, cuando veía alguna foto nueva, el abrigo del bar me suponía mucho más abrigo del que me ofrecía el mero café con leche caliente.

Los días empezaban a ser más cortos y cuando acababa el recorrido por las casas de mis clientas, no tenía muchas fuerzas para subirme al metro y volver al centro a esperarle en el portal. Al final del día estaba molida. Las cosas como son, subía por la calle Valderribas a recoger los encargos, bajaba hasta Catalina Suárez y me colaba en la calle Pajaritos, donde me esperaba la Luisa. Luego volvía a Valderribas, me cambiaba y me iba hasta la parada de Pacífico. Y todo esto para un trabajo que me aburría. Cuando no era la Singer mi compañera de tertulia, me pasaba horas sentada en un taburete con una palangana humedeciendo los pies de las vecinas; la liturgia iba acompañada de una toalla para secarlos y varias limas y tijeras con las que recortaba las uñas a fondo. Cuando no eran callos. Era de esperar mi agotamiento. La Luisa las quería de color clarito, la Reme prefería «solo brillo», Elvira y su hija hacían uso del color granate, las dos; a Julia le bastaba que se las recortara con cuidado —le sangraban— y que le apurara las durezas. Así, sentada en el suelo, hablando con las rodillas, me preguntaba qué había hecho para tener esa misión en la vida. Yo era una de ellas. Indistintamente podía haberme cortado las uñas la Reme a mí, o ser yo la que era atendida por la hija de Elvira. (No puedo explicar por qué la Reme era la Reme y a Elvira, en cambio, no la llamábamos la Elvira.) Pero ese era mi lugar en el mundo.

Hace un tiempo había empezado a descifrar pies igual que las brujas leen la palma de la mano. Lo hacía mientras bajaba las escaleras del metro, o mientras esperaba en la parada del autobús. Podía predecir si esa señora que bajaba iba a tener juanetes o uñeros. Observar a través de las rodillas era un ejercicio de paciencia increíble. Y cómodo, porque nadie se daba cuenta de que estaba analizando sus pies. Por ejemplo, allí estaba yo, sentada en el metro, mirando las butacas con la vista perdida. Y en verdad estaba trabajando en mis pronósticos, haciendo conjeturas. Habría dado cualquier cosa por que después de tener mi presentimiento —o mejor dicho, visión médica— se hubieran descalzado para enseñarme los pies. Con las clientas había llegado a tener una precisión asombrosa, les miraba las rodillas y me hablaban. Sonaba inverosímil, pero me pasaba la mitad del día arrodillada por encargo.

La calle empezaba a parecer un descampado a partir de las siete de la tarde. Los días, como decía antes, se habían hecho más cortos. A veces, sin darme cuenta, entraba a la iglesia de San Ildefonso para heredar algo de paz o sentarme en un banco a contar muchas de las cosas que no estoy contando aquí.

Entonces deambulaba por las calles de Fuencarral, dando rodeos para olvidarme de las rodillas, del olor a gato, del alpiste seco de la jaula y... mirar a la gente. En esa calle y a esas horas era más numerosa la presencia de extraños, intentaba no fijarme en las caras directamente, pero no las eludía porque no quería que se me escapara la posibilidad de tropezarme con Marcos. A medida que se acercaba la hora de la cena, aceleraba el paso como agotando las caras, las miradas, los ojos de todos. Solo quedaba cenar, acostarme y volver a leer rodillas a la mañana siguiente. Por aquellos días de otoño, me tuve que cobijar de nuevo en las revistas. Se trataba de volver a hurgar en las páginas del colorín buscándole bajo los titulares. En el descanso entre una clienta y otra, si las uñas venían sin problemas graves, les pedía que me dejaran alguna publicación. Me las fumaba. Si en alguna de las páginas aparecía él, disimulaba y me la echaba al bolso como si la revista hubiera venido conmigo.

De modo que ahí estaba, recortando uñas y recortando fotos. Se trataba además de una tarea con horizonte, debía esperar al buen tiempo. Curiosamente, esperar —aunque fuera al tiempo— formaba parte de mi breve repertorio de verbos capaces de sacarme de ahí. Los atroces días de invierno se me hacían largos. Mi consuelo era que mi colección de fotografías estaba creciendo a pasos agigantados, Marcos asistía a muchas fiestas y posaba en los eventos con una naturalidad que nada tenía que ver con la del principio. También es cierto que le llamaban para un montón de presentaciones de cine, de teatro, joyerías y premios de revistas masculinas. Empecé a aprender más de su actitud y de su personalidad al analizar sus fotografías matemáticamente, no tenía otra posibilidad. Para eso debía pensar que Marcos no era mi Marcos. Distanciarme como un cirujano del enfermo. A veces lo conseguía, a pesar de la dificultad y del componente emocional, y anotaba detalles en mi libreta:

> Hoy parece que ha llorado, tiene aspecto de cansado, no es cansancio físico, es agotamiento moral. Foto catorce. Hoy tiene la mueca de perplejidad. No sabe qué hace ahí. Es una joyería. Foto cuarenta y tres. Tal vez se ve fuera de lugar. Seguramente se ve fuera de lugar, matizo. Lo lógico, dado el lugar. Hoy oculta sus manos como en la foto tres, en la cuatro y en la siete. La cinco y la seis no puede apreciarse, están cortadas con un titular. Mi análisis es que está nervioso. Corrijo. Mi análisis es que está disperso y se agarra los dedos entrelazándolos. Foto dieciséis. Guapo. Un psicólogo me daría más datos pero me parece que es así. En las últimas fotos utiliza para vestir el color negro. No quiero hacer un análisis excesivo, es invierno y es la prenda más cómoda para los chicos, no requiere de estudio, no hay que buscar en el armario...

Con esta confianza provocada por la foto dieciséis salí a la calle. Lo misterioso de las reacciones es que a veces las provocamos inconscientemente. Así fue. Para nada esto me humillaba. Cada traspié, cada día sin encontrarle paseando, se convertía en un acicate para seguir. Yo tenía clarísimo que el azar ha impulsado todos mis movimientos, lo fue de pequeña y lo estaba siendo entonces. Me puse el abrigo de paño azul marino y bajé a la parada de metro, iba movida por una fuerza especial, bajé las escaleras y coincidió que el convoy pasaba justo en ese momento, con lo que no tuve que esperar en el andén. No podía hacer más frío.

Ya dentro, la vista se me fue, otra vez, a una de las señoras que iban sentadas frente a mí. Comencé analizando sus pies deformados por el calzado, seguí a las rodillas y luego subí hasta su revista, la que iba mirando sin leer. Tuvo gracia. Se me ocurrió pensar que hubiera otra como yo en el metro, que esa señora que tenía frente a mí fuera un caso idéntico, que nos hubiéramos desdoblado como las células de los microscopios y estuviéramos en el mundo con la misma función. Preocupadas exactamente por lo mismo, como en un espejo. Ella tendría mis problemas, yo tendría sus quebraderos, las dos tendríamos el mismo estímulo en ese momento. Empecé a mirarle el rostro, después el cabello, así llegué a la boca, para fijarme si sus labios se parecían a los míos. Tampoco es nada del otro mundo. Estas cosas yo las había visto en algunos reportajes de televisión, explican con argumentos que existen seres que son iguales a otro pero que nunca se encuentran. Parece de ciencia ficción, pero todo tiene su fundamento, ya que es imposible que haya tantas diferencias entre los seres humanos. No es posible que podamos nacer millones y millones cada día y todos seamos diferentes. Lo mismo sucede con las huellas de la mano. No me lo creo. Si podían dos seres ser iguales físicamente y nunca encontrarse, por qué no podía también haber dos seres con las mismas inquietudes, las desdichas, los mismos impulsos sentimentales, las mismas corazonadas. O lo que es más, por qué no podía darse el caso de que después de haber coincidido en un espacio y tiempo exactos estuviéramos pensando lo mismo en el mismo momento. Me quedé espantada al comprobar que, cuando volví a mirar a la señora de la revista, como una réplica mía gestual, levantó la vista y nos cruzamos la mirada. Estuve pensando si ella estaba pensando. La ventaja de ser tantos en el mundo es que nunca coincides, ¿qué hacía allí? Dos cuerpos sentados frente a frente. Cuando vi que la próxima parada era la de Antón Martín, decidí levantarme para comprobar si ella también se levantaba. Era muy aficionada a verme parecidos con todos y me estaba poniendo nerviosa su presencia. Tengo que empezar a cuidarme de eso. No quise mirar, agarré mi bolso bien fuerte, lo apreté junto al abrigo y me dispuse a ponerme en pie entre la gente. Aferrada a la barra de seguridad miré a mi lado. Deseaba... No sé qué deseaba. «Próxima parada Antón Martín», dijo la megafonía del vagón. Miré y no estaba. Quizá había pensado lo mismo y ahora estaba detrás de mí, o estaba asustada como yo. Si pensábamos lo mismo, estaba pensando como yo. Entonces también me estaría buscando en el vagón a punto de salir. Al abrirse las puertas me quedé parada en el andén. Paralizada. Echó a andar lentamente el vagón y, cuando fueron pasando las ventanillas frente a mí, pude comprobar que en el mismo asiento, ahí dentro, continuaba la señora, pasando página a su revista, ajena a mis tonterías. ¿Y yo? Yo estaba en una parada absurda, con ideas absurdas en mi cabeza, murmurándome «tranquila, Ángeles, tranquila». No sé si enloquecida o con algún trastorno extravagante.

Había comprendido que no iba a ser tan fácil encontrarse a una misma. Lo bueno es que bastaba con haber encontrado a Marcos.

Estuve sentada en un banco de Antón Martín el tiempo justo. El túnel estaba en una suave penumbra, debía de haber algunas luces fundidas y la gente, que pasaba extrañada ante la situación de semioscuridad, evitaba ponerse cerca del andén. Daba un poco de miedo. Sin embargo, con o sin luz, yo seguía destemplada. Nadie se fijaba en mí y todos me miraban. Toda esa gente que se pegaba a la pared buscando el resguardo seguro no sabía qué cosas tan raras se me pasan a veces por la cabeza. A pesar de la angustia que me despierta la curiosidad, me sentía protegida porque un presentimiento crecía dentro de mí. Nada tenía que ver con la posibilidad de que existiera una mujer como yo en el metro anterior, no. No soy la protagonista de todos los viajeros del metro, sigo siendo una figurante. Se acercó el siguiente metro y entré.

Por primera vez en meses noté que el presentimiento tenía algo de fundamento. Según la abuela, me pasaba la vida diciendo que tenía presentimientos, que veía un montón de piedras y me hacía la vidente seleccionando una con toda la parsimonia del mundo como si fuera un amuleto.

—La piedra me habla, abuela —explicaba en voz baja—, me dice que la elija.

—Anda, anda, niña. Estás loquita…

Quizá lo estaba. Pero es que era verdad. A veces, tenía

presentimientos. Me daba una punzada al corazón. No sé cómo serán las punzadas en el corazón médicamente hablando, pero eso era lo que sentía. Algo real. Cogía las caracolas de la playa y me quedaba horas escuchando los ecos, los sonidos rizados que me silbaban secretos.

—Eres una fantasiosa —remataba ella. Pero ahora tenía ese sofoco característico de mis presentimientos. Olía a moscas. Rumiaba el runrún.

—¡Pero bueno, Begoña...! ¿Qué estoy viendo? ¡Llevas días sin venir a verme! ¡Como hayas cambiado de panadería!

Matilde tenía el mismo brío de siempre.

—He estado fuera —dije.

—Pues ya te echaba de menos.

—Ya lo sé.

—¿Trabajo?

—Bueno, que he tenido unos días con más encargos de lo normal.

—¡Me alegro, hija!

—Vamos, pero que ya está, ha sido un atracón y vuelve la sequía. Debe de ser que todas han sacado la ropa del armario y me han enviado a arreglar hasta las mortajas.

—Quita, quita... —gruñó levemente—. Y ¿cómo andas? Se te ve bien. El otro día estabas con una cara de harina que parecías transparente.

—Me pillarías sin desayunar. Con este frío...

—Sí, hija. Muchísimo frío.

—Además, comparada contigo, que ibas de punta en blanco... Estabas toda resplandeciente de verde pistacho. Así cualquiera.

—Ah, hija. Fue una fiesta preciosa. Y mi hermana estaba estupenda. Y ni te digo el resto. Éramos de revista. Para que nos sacaran en las fotos. Te las tengo que enseñar.

—Pues enséñamelas.

Nunca me las enseñó porque era su secreto. Lo sabía. Eso me hizo confiar en ella mucho más. Me uno a la gente que guarda secretos.

Esa mañana me había tirado un buen rato —no sé cuánto— contemplando el sonido de las máquinas tragaperras. No eran especialmente musicales, pero formaban parte de la rutina en la que me dejaba llevar. Y entonces me pareció que las luces que giraban en las maquinitas coincidían encendidas en el mismo dibujo. El dueño le animaba en el juego, gritándole al jugador: «Hala, hala, Pascual... Hala, hala, ¡que te toca el premio!». El premiado era él, pero yo sentí que el azar jugaba otra vez en mi vida a mi favor. Ni siquiera esperé a las vueltas cuando pagué el café con leche y salí del calor del Comarcal.

—Tenía ganas de verte —me dijo Matilde.

—He estado ocupada con arreglos.

—De eso quería hablarte. No sé si los recoges y te los llevas o los haces a domicilio... —me preguntó.

—Depende de si son cortinas, meter dobladillos, remiendos... Todas esas cosas. Yo puedo venir o llevármelas y devolverte todo bien planchado. Como tú me digas.

—Mi hija encantada con el jersey que le zurciste. Vamos, parece nuevo…

Había algo en mi voz que sonaba distinto, una calma que seguramente se debía a las últimas semanas que pasé relajada en casa viendo y recortando fotos. Extrañar a alguien reblandece los callos del alma y más si es él. Me gustó oírme así.

—¿La plancha? —añadió curiosa.

—No sabes cómo plancho. Te dejo la ropa a estrenar.

Matilde sacó unas llaves del bolsillo como si me enseñara un talismán. Como si prolongara el silencio con ellas en la mano o si estuviera indecisa, me explicó que era la mujer que necesitaba. Me incorporé hacia el mostrador mientras Matilde salía de detrás hacia mí para hablarme con aire afectado.

—Si planchas bien, te voy a ofrecer un trabajo. Te lo dije. Un trabajo trabajo. Nada de ir rondando, que acabas matada.

—Planchar no solo no me molesta, sino que me gusta. Es como volver a dejarlo todo nuevo. Y eso me relaja.

—Toma, estas son las llaves y esta es la dirección —dijo dándome un papelito junto al llavero—. Si no hay nadie, la ropa la encontrarás en la cocina, nada más entrar. Es un trabajo de asistenta, confío en ti. Sé que no me vas a defraudar.

—¿Para quién es?

—Marcos Caballero, lo conoces. El chico actor.

Me ahogué. Matilde me entregó las llaves, volvió al mostrador y cerró los ojos en un gesto de complicidad hacia mí. Aturdida por la escena que acababa de vivir, le agradecí la confianza sin abrir la boca y me dirigí a la puerta, salí a la calle y respiré profundamente ese aire frío y seco que ya estaba cubriendo Madrid. El aire helado, mortal y doloroso me abofeteó en la cara. Salí a refugiarme en la parroquia. Debió de ser un sacrilegio, pero metí la cara en el agua bendita y allí, sumergida en la pila de mármol durante unos segundos, di gracias. Ya no necesitaba esconderme; iba a dejar de ser un fantasma: ya era una mujer visible.

SEGUNDA PARTE

LAS CARACOLAS ME HABLAN

14

Barceló, número 2. Cuarto piso. Por un momento temí que no fuera la dirección que llevaba escrita, pero efectivamente era la suya. La euforia loca y desordenada me condujo hasta la puerta de su edificio sin enterarme prácticamente de si había cruzado en rojo o si estaba caminando con los ojos cerrados. Había vuelto a llorar sin darme cuenta. En aquel momento toda mi vida se me plantó de golpe en el portal de la calle, justo cuando metí la llave y giré hacia la derecha.

La última vez que abrí una puerta emocionada como en ese momento fue cuando me enamoré de Gonzalo. Había malgastado cinco años de matrimonio con el bueno del pueblo, el hijo único perfecto, trabajador y callado, y apareció el hombre más chispeante de mi vida. Venía despojado de problemas, fumando vida y diciéndome que era la más guapa del baile. Algo que nunca me había dicho nadie. Nunca me lo había dicho nadie. Nunca. El Carnaval se había terminado y era uno de los músicos de la banda, sin embargo, lo hacía como entretenimiento, por pura pasión musical. Aquella misma noche en la que me dejé llevar por el alcohol y la oscuridad, me contó su vida de profesor universitario entre beso y beso. Viajaba constantemente, curioseaba con el arte, componía canciones para poemas que escribía de madrugada y tenía una casa en Cadaqués. Yo no había oído hablar de Cadaqués. Pero sí había oído hablar de que los besos con abrazo eran más intensos, más prisioneros del amor, que se parecían a los de las películas. Y era cierto. Los besos con abrazo hacen que los huesos crujan sin dolor. Me escapé con él. Salí del baile abrazada a él con la complicidad del disfraz que me habían cosido la abuela y mamá, con mucho sigilo avancé hacia casa, cogí mis cosas y... nunca más volví. Apenas tuve conciencia de estar abandonando mi mundo porque al huir de allí huí también de mí y de la condena del ovillo violeta. Era la forma de cortar las rosas, de que por fin alguien dejara de hacer lo que tocaba según el calendario familiar y genético. Me dejé a la mujer aburrida que había pasado las Navidades poniendo la mesa y sirviendo cenas para dejarme llevar por los abrazos del profesor. En el fondo no hice más que un exorcismo de lo que no pudo hacer mi abuela aquel día de la fuente, cuando su mujer interior se quedó sola en la fuente de la Alameda. Por eso sentí que aquella madrugada yo corría por las dos sin pedirle permiso a nadie, sin ceremonias, sin maldiciones morales, di esquinazo a mi vida y también a la de mi abuela.

Dormimos en el Pirineo, helados. Mi gabardina se había quedado colgada en la entrada de casa porque huí con el corazón abrigado y en aquel momento no sentí nada de frío al meterme en su coche. Pero el desarropo empecé a sentirlo, como una señal, cuando las curvas de la carretera fueron anunciando que estaba lejos de casa. Salimos a cenar en un pueblo en el que la calle principal estaba llena de tiendas de ropa de montaña y cosas de esquí, todavía abiertas; allí Gonzalo me compró un jersey de colores que todavía guardo y un abrigo azul marinero de paño grueso. Frente al espejo me vi protegida del frío y del desafecto de años con el buenazo del pueblo. Entonces, en medio de la tienda y de las dudas, algo se despertó dentro de mí. Físicamente empecé a verme guapa, resguardada y amada.

—¿Te gusta?

—Me gustas.

—¿Lo quieres?

—Te quiero.

No me arrepentí hasta mucho tiempo después. Cadaqués fue precioso. Su casa, cuando abrimos la puerta, olía a cerrado. Encendió la luz y toda la pared apareció iluminada hasta el techo con una colección inmensa de libros puestos en estantes atiborrados sin orden vertical. Yo pasé feliz al interior.

—Muy buenos días. —El portero, que en ese momento estaba repartiendo cartas en los buzones con un perro a sus pies, me revisó de arriba abajo—. Voy al cuarto, soy la asistenta.

—¿De Marcos, supongo?

—Sí, la nueva asistenta.

Tras recorrer con determinación el patio de entrada, inventé una conversación para saludarle, si estaba en casa, con total normalidad.

«Me ha enviado Matilde, creo que necesitas a alguien para la plancha. Puedo arreglarte la casa si quieres e incluso dejarte algo de comida, no sé hacerlo mal, vivo cerca y me ha confiado tus llaves. Supongo que prefieres por las mañanas, pero si te va mejor por la tarde, tampoco tengo problema. Me organizo como tengas los días, es cosa de que tú me digas y que me dejes una nota con lo que quieras que haga. Hago también remiendos y coso para fuera, o sea, que si quieres... o tienes camisas para estrechar o darle una vuelta a los botones, te los recoso, que siempre acaban cayéndose. Me llamo Begoña. Ahora venía de la panadería, compro siempre en la de la esquina, es que vivo cerca de aquí y nos hemos cogido cariño la dueña y yo, te tiene mucho cariño, ¿sabes? Mucho. Yo no sabía que eras actor. Bueno, me enteré porque ella me lo dijo, pero que soy una mujer discreta, callada. Bueno, que me llamo... Begoña. ¿Te lo dije?»

En vez de tomar el ascensor subí por las escaleras sin encender ninguna luz.

—Funciona.

—Ya lo imagino. Pero no me gustan los ascensores —mentí al portero.

—Pues es un cuarto.

Las ventanas de los descansillos iban iluminando la barandilla conforme iba subiendo hacia su casa. En el último recodo me senté, no sé si era agotamiento o la conciencia real de que estaba allí, por fin. No se escuchaba nada. ¿Estaría dormido? Frente a la puerta intenté frenar la respiración agitada que traía desde la calle, así podía oír bien los ruidos del interior de la vivienda de Marcos.

Entendí que no había nadie. Me pellizqué y cerré los ojos.

Al abrirlos metí la llave. La puerta de Marcos hico clic. Entró en acción una espiral de emociones antiguas y futuras... Las rosas del jardín, los gatos de la abuela, las fiestas, mi ramo de flores, la cama a estrenar, el primer baile, las felicitaciones, los besos, los lloros, la ropa nueva, la usada, la prestada, el sueño en el sofá, los lloros, las esperas, los juegos en el patio, las tilas, las noches en vela. De repente entendí el porqué de las manías de la abuela, de mamá. Su empeño en que bebiera de la fuente aunque no tuviera sed, «para luego, bebe para luego, para cuando tengas sed y no haya fuente a mano», decía, y «arréglate que te vean guapa». Ahora, años después, le daba la razón de nuevo. Qué bien, pensé, qué bien. Me atusé el pelo inconscientemente.

Cuando se abrió la puerta del piso, me crujió el corazón, esta vez no fue una punzada de presentimiento. «¡Marcos, Marcos!» Estaba sola. Estaba sola allí, para bien y para mal. Crucé el umbral como cruzan las sombras las pesadillas, semidormida o atontada, y me instalé en la cocina. Allí me quité el abrigo, colgué la bufanda en una de las sillas y me cambié el calzado por unas zapatillas que traía en el bolso.

No tenía ganas de comer desde hacía días, ni de hablar. Sin embargo tenía sed. En aquel momento solo quería digerir la felicidad con un vaso de agua. Había parado de tiritar, pero me temblaban las manos, lo noté cuando fui a cerrar el grifo y vomité.

Pisé la entrada, donde había un gran cuadro de Nueva York en blanco y negro, me adentré por el pasillo, todo amplio y luminoso porque al final se veían los ventanales de la calle. Avanzaba con el cuidado de unos ingenieros químicos, temerosa pero segura de que mi experimento iba a salirme bien. Empecé a mirar cada una de las cosas que veía, aunque fuera un recibo, una cajita, unos caramelos... Lo iba rozando todo con los dedos, a medio camino entre el miedo y el pudor. Lo primero que hice fue sentarme en el sofá y empezar a observar todo. Corrijo, lo primero que hice fue ponerme a llorar y empezar a observar todo. El cuarto piso daba a la plaza de Barceló, no tenía ningún edificio enfrente, y permitía sentir que uno estaba flotando porque se veía mucho cielo.

Nada más entrar a su habitación me vine abajo, era la sensación de estar en casa de Marcos lo que me volvía loca, confusa. Y creo que también esto es lo que me hacía seguir llorando. Noté en el aire su perfume inconfundible. Vetiver. Nadie repara en esos pequeños detalles. Y eso me condujo por todos los rincones de la casa mientras yo misma me iba evaporando. Semidormida o atontada, todavía. Me perfumé con la colonia del baño.

Volví a cerrar los ojos para respirar con más calma.

«Cuando llegue la primavera, pondré flores en los jarrones, le compraré margaritas», pensaba. Iba a decir le compraré flores, pero sabía que le gustaban las margaritas blancas, lo había dicho en una de esas entrevistas que me sabía de memoria. Eso y volar. Tal vez por eso se veía tanto cielo desde su casa. Todavía tenía que recoger la cocina, poner lavadoras, hacer la cama, recoger el salón, ordenar la ropa, limpiar... Pero no sabía por dónde empezar. Me hice el firme propósito de no tocar nada de las cosas que me parecieran personales, sin embargo el hecho de abrir una puerta o encender una luz nunca me había provocado tantas emociones, tantos miedos. Tocar lo que tocaba él. (El tacto me enciende todas las emociones.) Encima de las sábanas de la cama deshecha había revistas de moda, alguna tenía su imagen en portada, pero no me vi con capacidad de arrancarla. No podía cometer errores o adiós. La puse en el salón junto a un montón de revistas idénticas que se acumulaban a modo de colección. Cogí los ceniceros y me fui con ellos hasta la cocina, donde el grado de desorden era llamativo. Había un montón de vasos usados en la pila, unos manchados de chocolate, otros de tomate, otros con café, una taza color violeta que tiré (ya buscaría una excusa)... Lo puse todo en el lavavajillas y saqué los productos de limpieza del armario. Tenía de todo. Tal vez demasiadas cosas repetidas y demasiadas marcas, como si no quisiera preocuparse de que faltara de nada. Vi que toda la ropa sucia estaba ya dentro de la lavadora, repasé prenda a prenda para que no se mezclaran colores y la puse en marcha. Al girarme a cerrar el armario vi un papel post-it pegado en la puerta acristalada: «Toma nota de lo que haga falta, gracias. Marcos».

—Gracias —me respondí de forma absurda a mí misma. No quise tirar el papel, me lo metí en el bolsillo doblado en dos después de besarlo como una estampa. Retiré la aspiradora, saqué la tabla de planchar y la dejé preparada para cuando la secadora acabara su función. En mi casa habría encendido la radio, tal vez la tele por insatisfacción, pero aquí no me sentía sola. Entre él y yo —o entre la casa y yo— había una comunión feliz. Podía volar.

Donde el olor era más personal era en su habitación, la cama todavía tenía la forma de su cuerpo, incluso las dos almohadas parecían estrujadas hacía apenas minutos, por eso me acerqué a tocarlas antes de cambiar las fundas. Quería sentirle. Aspiré el olor y le hablé en voz bajita como si quisiese contarle un secreto. Era un encanto extraño, profundamente extraño, qué cosas hago, me dije, estoy perdiendo el tiempo, no puedo pasarme la mañana tocando sus cosas, oliendo las telas, paseándome de un lado a otro. Para mí, pasear por la casa era una nueva perspectiva de todo. Recogí los cables del ordenador, que se entrelazaban junto a la planta, donde alguien había apagado cigarrillos, arreglé el sofá reordenando los cojines y dejé en un cuenco varias monedas que andaban desperdigadas por entre las rendijas. La estantería carecía de orden, pero no cambié nada de sitio, me parecía que estaba todo colocado así, por capricho. Muchos libros de Londres, novelas de piratas, pequeños recuerdos como un autobús rojo de dos plantas, un edificio que se abría por detrás, una bola de nieve, varias botellas con arena y miniaturas que se me antojaron de las que salen en los roscones de Reyes. Era afortunado. Fui limpiando el polvo a todo, con cuidado, más por afecto que por prudencia. La colección de caracolas era la columna vertebral de la estantería, el punto central de su territorio de cosas; las grandes no las toqué, soplé por encima y pasé el paño suavemente, las más pequeñas estaban sujetas unas sobre otras, por eso fui volcándolas sobre el sofá para limpiarlas. Las había metidas en urnas de cristal y otras en vasijas transparentes. De niña yo las metía en agua, les echaba sal y luego las secaba al sol. Se trataba de devolverlas a su origen, para que cuando me las acercara al oído, me contaran historias entre sus zumbidos marinos. De pronto parecía que era una sirena, un sonido de peces, un aleteo, me erizaba la piel. Empezaba a verlo todo azul, de un azul eléctrico, como envuelta en una manta de agua. Todas las palabras se agolpaban en mi garganta de niña: me hablaban las caracolas. Yo conocía su sonido como si fuera un lenguaje secreto entre ellas y yo, navegaba con solo cogerlas. Sin embargo, estas eran de Marcos.

De buena gana me habría quedado a esperar su llegada. Pero no podía ser. Aun así la plancha me ocupó más rato de lo normal porque ralenticé la marcha mirando cada treinta segundos el reloj. No dejé imperfecciones y no había ropa mejor planchada en años, en algún momento me descubrí planchando doble. Era incapaz de pensar con tranquilidad, muy probablemente por el calor de la plancha, la humedad de la ropa y las lágrimas que tuve que ir secando de las sábanas. Creo que me desfogué con la tarea porque estaba robándole su energía a cambio de dejarle la mía en cada movimiento sobre la tabla.

El silencio era tan espeso que me mantuve callada para no perturbar la casa. Durante un rato, al principio, planchaba encorsetada por el agobio de estar en su casa, me costaba incluso respirar, pero poco a poco fui entrando en el bienestar como si toda la vida hubiera estado con Marcos. Yo miraba por los cristales de la puerta de la cocina y me perdía en ensoñaciones. Al fin y al cabo, qué estaba haciendo, formar parte de su rutina en un segundo plano, escondida. Ya estaba viviendo dentro de su trastienda desde hace meses, solo faltaba pasar a ser visible. Pasar de figurante a actriz secundaria.

Antes de irme volví al salón, recogí los ceniceros, los limpié en la cocina y al dejarlos de nuevo me acerqué a las caracolas de la estantería. Cogí una y me la puse al oído: «Qué bien tenerte cerca». Me la metí al bolso. Apenas cerré la cremallera y me dirigí hacia la entrada, sucedió por fin.

—Usted debe de ser la nueva asistenta —me sorprendió Marcos cuando abrí la puerta.

Él estaba con las llaves en la mano a punto de entrar. Frente a mí.

—Sí, soy yo... —Se me aceleró el pulso—. La asistenta. Me ha enviado Matilde, la del horno.

Fue un fogonazo de viento frío. Parecía que mi corazón se salía por la blusa.

—Supongo que la volveré a ver... —dijo mientras dejaba una mochila en la butaca.

Callé y pensé para mí: «No te quepa la menor duda».

Apreté el bolso con mi caracola robada, cerré la puerta tras de mí y me quedé abierta de brazos en la entrada, como si hubieran apoyado un crucifijo de mi tamaño en su puerta. Barceló, número 2, cuarto piso. Suspiré. O expiré.

15

Amaneció un día brillante, frío pero brillante. No me importó airear las ventanas y que el pueblo entero se metiera entre mis puertas oxigenándolo todo. Abrí las hojas como si fuera verano y me descolgué a mirar la calle. «Estoy recuperando mi vida», me dije. Luego me fui a la habitación a mirarle dormir. Era la primera vez que me quedaba despierta en pie mirando cómo un hombre, desnudo, se abrazaba a la almohada dormido. Miré su espalda curvada sobre la cama, me fijé en sus muslos firmes y peludos, adiviné su sexo entre las sábanas, observé la fuerza de los dedos con los que me había hecho sentir mujer toda la noche. Estaba nerviosa. Como si hubiera cortado todas las rosas del rosal sin permiso de mi abuela. Gonzalo. Se llamaba Gonzalo. No sabía ni sus apellidos. Nada más. Eso y que bajo los arcos de la casa había un pueblo de pescadores —mayor que el mío— que se llamaba Cadaqués. Cuando me puse a contar las barcas de la bahía, sentí que se había despertado y que caminaba hacia mí; no quise girarme, aun así dio igual, la fuerza física de su virilidad se me acopló a la espalda como un puzle. Encajado en mí firmemente, haciéndome sentir segura. Segura por primera vez en mi vida.

—¿Cómo te llamas?

—Gonzalo, te lo dije anoche entre muchas cosas.

—¿Qué más? —pregunté.

—¿Es importante? Qué más da.

—Tienes razón —respondí mientras me besaba el pelo y yo giraba la cabeza ofreciendo mi cuello—. Qué más da.

—Has visto qué bahía tenemos...

—Es preciosa.

—Es maravillosa —me corrigió ajustándose a mi cuerpo.

—Anoche sentí que había mucha curva hasta llegar aquí... Todo el rato curvas y curvas... ¿O estaba mareada? Ya no sé.

—Hay ciento diecisiete curvas hasta llegar aquí.

—No llega nadie entonces.

—Has llegado tú. Sobra.

Sonreí acompañada por el frío marinero que entraba por la ventana. Un único coche que circulaba lentamente por la calle, pegado a la fachada, rompió la cantinela del mar, cuando se despereza por la mañana, callando las olitas blancas que se estrellaban en las rocas de la acera. El olor a flores me hizo asomarme más afuera, había albahaca en el balcón y estaba recién regada, lo que la convertía en un ventilador de aromas. En cuanto me quedé a solas paseé por la casa descubriendo mi nuevo mundo. El salón tenía una lámpara de araña de cristal de la que colgaban multitud de objetos de mar, enredados en una red que todavía conservaba los corchos envejecidos y repintados de azul mil y una veces. Además de peces de plástico, conchas agujereadas, anzuelos... Bajo la lámpara había una mesa con libros, libros leídos, arrugados, subrayados y con anotaciones de papelitos que sobresalían entre las páginas. Había velas derretidas en botellas de vino de cristal verde y una pared con multitud de espejos, pequeños y grandes, incrustados en marcos diferentes. No tenía sentido, pero quedaba bien. Me miré troceada en los espejos, en ninguno conseguía verme reflejada entera. Frente a la pared era como un cuadro cubista que se deforma en varias partes descolocadas. Si me movía, mi reflejo se desordenaba más fraccionándose en las lunas cortadas. ¡Qué curioso! Cuando entré en la cocina, toda de cerámica azul, puse agua a calentar en una cafetera que encontré en los estantes, quería despejarme bruscamente a fuerza de café. Creo que Gonzalo estaba en la calle, en el patio interior que luego descubrí caminando por la casa; estaba hablando con alguno de los vecinos atropelladamente porque las voces subían confusas por los ventanales.

Los borbotones de café me despertaron después.

Las barcas eran soltadas de los amarres del puerto invisible y salían de faena tranquilamente, por eso a mí se me antojó que salían de paseo por el Mediterráneo. Él estuvo pensando un rato, con una taza de té en las manos, y al fin dijo:

—Me gustaría que te quedaras aquí conmigo. Sé que has dejado cosas atrás, pero... ¿qué importa? ¿A ti te importa?

¿Quieres vivir? ¿De qué color quieres que pintemos la habitación?

Fue una carrera fugaz de preguntas que yo escuché mansamente, sin desconfianzas.

—Está bien así. Pero cambiaré las cortinas lavanda.

—Son violeta.

—Por eso, porque son violeta. No soporto el violeta.

A él no le importaba. Asunto zanjado. Gonzalo apuró la taza, la dejó en la pila, encendió un cigarrillo que apagó al poco y se fue al baño. Dejó la puerta abierta. Se duchó mientras yo me aseaba y me peinaba con una coleta sencilla. Abrió la cortina y me invitó a pasar al agua caliente con un gesto tramposo. Yo no quise. Estaba ya peinada. Bueno, no. Todavía contemplaba sus insolentes gestos estupefacta, todavía me sorprendía la forma de ser de un hombre tan alborozado y gozoso, tan natural y tan caradura.

—Ángeles… ¿por qué no bajamos al pueblo? Así paseamos. Luego te llevo a comer a un sitio que te va a encantar.

Me iba a encantar. Cualquier parecido con mi vida anterior era una casualidad. Yo había abandonado a las personas que más me querían, seguramente; pero ahora estaba con quien yo quería. Esa era la diferencia. No iba a esquivar ningún sentimiento, creo que más por exigencia que por necesidad. Tenía hambre de halagos y sexo. Hasta me sonaba bien mi nombre: «Ángeles». Todo era asombroso, me revolvía coqueta si él me llamaba desde la calle, si sentía un leve rumor de cortejo animal, si sacaba la lengua obsceno desde la puerta... a la vista de los vecinos. El primer día me sonrojé, el segundo menos, el tercero menos, el cuarto menos, el quinto menos aún..., a la semana de estar allí nada. Era feliz, casi sin interrupción. Amorosa, divertida, liberada.

Serenaba tenerle abrazado a mi espalda constantemente, hasta cuando parábamos en la puerta del Casino de la playa para merendar; iba continuamente protegiéndome con sus manos.

Me llevó al final de España. «Allí donde acaba la costa y se rompe con Francia», me dijo. Era el cabo de Creus, conocía al farero y subimos. Incluso me subió los últimos escalones a lomos como una amazona. No eludía ninguno de los besos. Ninguno.

—Merci, merci, madame... —Puse cara de boba y conté para serenarme: uno, dos, tres, cuatro, cinco, seis, siete, ocho, nueve..., conté como siempre hasta sumar y sacar un número de la suerte. En aquella ocasión, al contar, lo hice mirando al infinito, disfrutando del paisaje de rocas, observando cómo el viento vigoroso abofeteaba los acantilados para intentar peinar la aspereza. Con el soplo violento se escapaban las gaviotas, que sobrevolaban el cabo de Creus dificultosas. Yo también estaba siendo atizada por el viento, pero me quedé imperturbable, entera, como si hubiera estado allí antes sin saberlo. Me sujeté a la barandilla y a Gonzalo. Tengo muy presente aquella tarde, porque entendí bien el mensaje:

las bocanadas de aire se estaban llevando mar adentro la plegaria aciaga de la abuela. «Deja las rosas ahí, que crezcan y mueran en su sitio.» Yo ya no estaba en mi sitio.

—¿Estás bien? —me dijo Gonzalo retirándome el pelo de la cara.

—Estoy. Estoy feliz. ¿No me ves?

—Sonríes... Me gusta... Qué pena que hoy haga más viento de lo normal, este sitio es espectacular. Así no lo disfrutas del todo.

—Te equivocas. El viento me está limpiando.

—Dirás despeinando... Tenía pensado que comiéramos aquí, pero si quieres volvemos a casa.

—Voy abrigada, tranquilo —añadí—: Debemos plantar rosas en el patio. Quiero poner flores recién cortadas todos los días en la entrada de casa.

Puse flores en casa de Marcos en mi segunda visita a su casa. Las compré en la gitana del semáforo, ya sabía que se llamaba Inmaculada (lo llevaba anotado en mi libreta) y que siempre andaba angustiada a finales de semana porque las flores no le aguantaban tanto como podía aguantar ella. Organizaba en el suelo unos doce cubos de flores que iban de las margaritas a los claveles, las siemprevivas, los nardos, las rosas y... poco más, sobre todo mucho relleno verde para ramos de bulto. Cogí margaritas, las tenía amarillas, blancas y moradas. Ver el improvisado jardín apelmazado en cubos hacía más llamativas y relumbrantes las flores de lo que luego eran al cogerlas en un sencillo ramillete. Me llevé un manojo de las blancas y pagué con monedas. Llevaba en mi bolsillo una copia de la foto dieciséis en la que a Marcos se le veía tan guapo. Esa foto me había dado suerte, había sido la causante de mi estímulo para salir a la calle y abordar el azar. La había remirado un montón de veces. Era una fotografía nueva en la que aparecía sentado en la ventana del café Comercial, en la glorieta de Bilbao, con un pantalón vaquero un poco roto, una camiseta blanca y, por encima, una camisa de cuadros rojos y azules. Llevaba una bufanda de lana gorda anudada al cuello con varias vueltas, parecía de ochos; y unas zapatillas sin cordones. Me daban ganas de decirle: «Marcos, voy a cuidarte desde hoy, te quiero». Ahora lo conocía mejor.

Al tumbarme en su cama me preguntaba cómo organizar mi vida desde ese momento, todo había cambiado. Ya era la asistenta de Marcos. Todo volvía a ser alegre y, sin embargo, no podía decírselo a nadie, no tenía con quien compartirlo y era muy difícil de explicar lo que me estaba pasando. ¿Había algún plan mejor? Hasta que llegué al horno de Matilde a recoger las llaves no fui consciente de la nueva situación. Había aprendido a moldear los días revisando revistas, enumerándolas, poniéndoles fechas, plastificándolas con cuidado, vigilando su calle para buscar encuentros clandestinos. No sé las semanas, los meses que había estado esperándole, con la cabeza apoyada en la barandilla de la parada de metro de frente a su casa, o en la parada del autobús, o repitiendo itinerarios, calles, plazas, bares... con mi soledad, mis pensamientos, siempre idénticos, y volviendo a casa insatisfecha. Ahora tenía las llaves de su interior. Eso pensé, estoy dentro de él. Lo mío era demasiado, pero sobre todo era dulce.

Me quedé dormida en su cama.

Sonó dos veces el teléfono del salón, la primera me despertó, me asusté. La segunda tuve intención de cogerlo. (...) Mejor no contestar, pensé. (...) Él no me había dicho nada de coger su teléfono fijo, así que no hice caso a las llamadas. Lo dejé sonar. (...) Quizá debido a la hora, Marcos quería asegurarse de si ya estaba trabajando y si necesitaba algo. O cerciorarse de que era discreta no cogiendo su teléfono. No lo cogí por esta última razón y volví a hacer su cama donde me había quedado dormida.

En ese momento sonó mi móvil. Era Marcos.

—¿Begoña?

—Sí, soy yo.

—Te estaba llamando a casa.

—... No he querido cogerlo. Por si acaso son cosas tuyas.

—Soy yo, soy yo.

—¿Sí? Dime.

—No hay problema en que lo cojas. Al contrario, lo prefiero... Si es alguien que quiere algo, me lo anotas en la libreta que hay al lado... si no te importa.

—No, no. Qué va. No me importa.

—¿Todo bien en casa?

—Sí.

—Pues entonces nada. Estoy en una grabación. Lo que haga falta lo anotas también y ya lo compro yo esta tarde.

—De acuerdo.

—¿Falta de algo?

—Nada. Creo que nada. He visto de todo.

—Muy bien. Hablamos entonces.

—Vale.

—Oye, las croquetas riquísimas.

«La próxima vez haré un flan», pensé.

16

Cuando empecé a ir a su casa de forma continuada, empecé a conocer también el sufrimiento de forma continuada. Verle salir de la habitación mientras yo abordaba la faena del hogar me hacía un daño inmenso. Me veía obligada a disimular que le quería, que quería abrazarle. Yo iba sudando, con mi escoba como asidero de mi estabilidad, un amor no superado. Destilaba ansiedad.

Tenerle cerca mientras ordenaba la estantería, sabiendo que podía pasar por mi espalda, era tan terrible como esperar en la parada del autobús. Mucho peor. Al fin y al cabo, abajo tirada en la calle suspiraba por todo lo que mi imaginación podía fantasear acerca de su forma de vida, esa que no conocía y que se me hacía lejana. La que me quedaba tabicada por la fachada. En cambio ahora, arriba en su domicilio, me paseaba por la casa aguantándome las lágrimas, sujetándome a las paredes del pasillo para no perder en alguna ocasión el equilibrio. Sentí lástima de mí misma. Estaba cumpliendo con la escrupulosa tarea de arreglar su ropa y su piso, me debía desenvolver bien... Ni siquiera tenía que hacerle la comida. Subía a la casa, me encerraba en el baño y, presa de mí misma, me sentaba en la taza hasta que la respiración se me calmaba. Ya allí dentro, en lo que se suponía entonces que era el paraíso, el único lugar que me importaba del mundo, me temblaban las rodillas y no paraba de llorar. Mi plan estaba fracasando.

Cuando todo estaba silencioso y me enteraba de que Marcos seguía durmiendo en su habitación mientras yo me tenía que poner con la plancha en la habitación contigua, me entraba el desespero. Ese era el decaimiento total. Sucedió así varios días. Yo llegaba y él dormía en su cuarto.

Así no pude resistirme, abrí la puerta y le miré por la rendija... Marcos estaba tendido con los brazos abiertos. Se movió y yo cerré los ojos a la vez que cerraba la puerta de una manera ridículamente sigilosa para no ser pillada al verle desnudo. Cuando volví a abrir la puerta pasados unos minutos, se había quedado de lado en posición fetal agarrado a la almohada, como un bebé grande tirado en medio de su cuna con las sábanas revueltas. Dormía en calzoncillos y sin camiseta, dejando la espalda al aire, huesuda y musculada a partes iguales, masculina; noté la columna curvada en un arco de huesos en el que se podían enumerar las vértebras como una secuencia. Yo debía cerrar la puerta, pero mis ganas por él me llamaban diciéndome «entra y cúbrele con la sábana, no lo dejes así». Callada y semiescondida, pero sin soltar la mano del pomo, escuchaba su respiración..., fuerte, soltaba y cogía aire por la boca de forma sonora... Me dejé llevar por sus bocanadas de aliento. Era un jadeo de soplos cálidos y acompasados sin cadencia alguna, irregulares en la desnudez. Volví al cuarto con la ropa de la plancha después de dejar su puerta entornada sin hacer el mínimo ruido. Recé un avemaría para colarme en sus sueños.

Lo que quería era acostarme a su lado, estrecharme en su espalda recogida en su descanso, envolverme con la sábana sintiendo el calor de su cuerpo, abrazarle incluso sin que me notara. Pero no podía, no podía, no podía... Esa era mi tortura. Esa era mi rabia. Me moría. La tristeza que provoca el saber que no puedes besar es infinitamente más dolorosa que un último beso.

Me ahogaba continuamente en su casa; y cuando se levantaba y me lo cruzaba en el pasillo, tuve que explicarle en más de una ocasión que eran cosas de la fatiga, que tenía una alergia crónica y que me aparecía cuando estaba baja de defensas. «Coge lo que quieras de la nevera», me decía para consolarme.

—¿Has desayunado bien?

—Sí, sí. Es una fatiga tonta.

—Bueno, pues desayuna algo.

Y mi «gracias» debilitado se me atascaba en la garganta suplicándole un roce, un beso, un algo que me reconfortara de ese ir y venir por su vida sin permiso. No sé cómo pude aguantar. Lo que en un principio era simpático, todos esos días en busca de sus fotos, recopilando revistas, recortando fotos, enumerándolas, fechándolas, intentando saber de su vida por las entrevistas o hurgando en las tiendas donde compraba..., ahora era desolador. Todos los martes y jueves, mis días de limpieza, cuando subía las escaleras (lo prefería por no llegar en ascensor y ralentizar mi ilusión), llegaba dispuesta a sentirle cerca, a ver lo jovial que estaba, lo accesible que se me entregaba con sus comentarios y envolverme de su vitalidad... El aire se me hacía tóxico nada más entrar.

Así, una tarde le dije:

—A veces siento que molesto.

Y él contestó, sinceramente:

—No quiero que tengas esa sensación.

No quería que me sintiera mal. Tal vez, me explicó, el problema era que ahora no tenía tantas grabaciones ni sesiones de fotos y se pasaba más horas en casa.

—Sé que puede incomodarte que esté por aquí mientras haces la casa, pero es que me quedo dormido porque alargo las noches leyendo o salgo a tomar una copa. A lo mejor así no trabajas bien, conmigo dentro...

—No, no. No te excuses. No lo decía por eso, es por si quieres que venga en otro momento, tal vez te viene bien otra hora. Así duermes tranquilo...

Me sonrió y días más tarde, cuando llegué —era jueves—, cogió sus cosas y se bajó al jardín del museo, el que estaba pegado a la parada de autobús. No me pareció bien, pero empecé a respirar mejor. Yo creo que tuve, incluso, demasiada suerte. Empecé a impacientarme menos y a llorar menos con él fuera de la casa. Su presencia no física ya me era bastante difícil como para tenerle dentro junto a mí. Me bastaba con saber que todo aquello que tocaba y limpiaba era suyo. Era un funámbula que deambulaba entre cacharros, lavadoras y toallas. Ya había oído hablar de que los objetos tienen energías, el magnetismo del dueño se queda impregnado en las cosas y puedes sentir la piel ajena cuando tocas algo de la persona que amas más allá de la muerte. Tan cierto... No podía estar más de acuerdo con eso, aunque me sintiera ridícula palpando sábanas, libros o ceniceros. Me había resignado a esa felicidad de segundo grado, enfermiza.

Mientras él estaba en el parque leyendo con unos auriculares chiquititos blancos, yo le sentía en los almohadones, revolviendo las mantas, apoyándome en la dureza del colchón, manoseando la cabecera de la cama, acariciando el borde de los vasos en los que había bebido, palpando con los dedos en los marcos de fotos o en las caracolas... Lo prefería así. Al menos durante un tiempo. No soportaba caminar por el pasillo, entrar al baño, salir a la cocina y... tropezarme con él como un fantasma. Es una de las paradojas más tristes de mi vida: él era mi fantasma más que mi fantasía.

Él salía cuando yo llegaba a su casa. Empezamos a cruzarnos solo en la puerta, tal vez cuando escuchaba las llaves en la cerradura emprendía la marcha. Así como dejaba el bolso colgado en la percha de la entrada me entregaba un «Buenos días, Begoña», yo le dedicaba un «Muy bien, Marcos» y se bajaba. Mi vida empezaba a ir marcha atrás. Todo lo que había conseguido se me estaba esfumando por no sobrellevar bien su presencia física a mi lado. Trato de imaginarme haciéndolo todo mejor, digiriendo la normalidad con más paciencia, pero por aquel entonces... no podía.

A veces, cuando me marchaba de su casa y le dejaba una nota con las cosas que hacían falta, él todavía seguía leyendo en la calle ajeno a todo. Bueno, ajeno a mí. Desde el balcón le miraba entre una faena y otra. Dejaba la escoba apoyada en la televisión y me acercaba a las cristaleras del balcón como antes lo había hecho con su cuarto, mirando por la rendija. Esta vez, disimulaba entre las cortinas. ¿Cómo podía haber cambiado todo? ¿Cómo podía ser él el que ahora estuviera en la calle ignorante de lo que pasaba arriba? ¿Cómo era tan absurda? Yo era una intrusa, me estaba convirtiendo en un mero «buenos días», cada día más distante, más breve. Casi siempre me he equivocado de decisión en la vida y otra vez, otra vez, otra vez, otra vez... me estaba volviendo a equivocar. Lo malo era que me estaba haciendo pedacitos por resignarme a casi nada. Y eso que yo esperaba con impaciencia los días de limpieza, llegaba con más fuerza que cuando esperaba en la calle, aquellos días en los que suspiraba con solo tropezarme con él. Pero —me dije— se me va la cabeza, a veces olvido todo, olvido sobre todo lo que soy.

Aquel «lo que soy» era invariable. Pero lo olvidaba.

Ya no solo limpiaba la casa como una asistenta, sino que me estaba convirtiendo en una mujer invisible de nuevo. A menudo cuando yo llegaba, él ya llevaba los auriculares puestos y mi entrada era muda. Tanto que empecé a decir «buenos días» solo vocalizando con los labios, sin llegar a emitir sonido porque, sabía, no me estaba escuchando. Yo era ahora la foto, el retrato desaparecido, sin vida, que él pagaba. Marcos cerraba la puerta de un portazo seco, yo aguantaba unos segundos dentro hasta que se escuchaba la maquinaria del ascensor en el rellano y, entonces, me pegaba a la pared inmovilizada, llorando derrotada por la única victoria que había conseguido. Él.

A diferencia de la mujer que había sido, me estaba evaporando. Y no solo eso: alguna mañana no acababa de planchar todo lo que se amontonaba en la cocina, ni siquiera ordenaba las revistas del salón. Olvidaba poner el lavavajillas. Dejaba de lado la ducha. No repasaba la ropa. (...) En aquellos días, estando en su casa, convertí el balcón en mi nueva parada de autobús. Él estaba abajo y yo arriba. Había trastocado los escenarios. Marcos, sentado en el banco de madera, pasaba las páginas del libro que leía con una suavidad que contrastaba con la dureza del paisaje de coches, ambulancias, pitidos de claxon y la marabunta de anónimos conocidos en el semáforo. Me sentaba y le miraba desde arriba embobada, intuía qué lectura le tenía abstraído o qué llamadas recibía al móvil cuando se incorporaba en el banco y dejaba el libro a su lado. Tanto me sumergía en aquel punto del parque en el que él, sentado, embebía la lectura en solitario que se me pasaba la mañana así. Antes corría a esconderme por la calle, ahora tenía sus llaves para vigilarle sigilosa y observarle desde su propia casa. En mi corazón todo continuaba igual, seguía sintiendo AMOR, y lo escribo con mayúsculas..., pero era incapaz de sobrellevarlo de cerca. No lo resistía. La culpa impide aceptar la realidad, por muy engañosa que sea la imaginación, y eso era lo que pasaba. Me estaba resignando. Me había desbordado por torpe, algo que incrementó mi desorden emocional. Era de esperar, lo desmañada que puedo ser al no controlar mis sentimientos se me convirtió en el peregrinar de un alma en pena.

Ya me estaba pareciendo a mi madre. Me estaba convirtiendo en ella. Ella, que había hecho del silencio su forma de expresarse. Cuarenta años después la estaba imitando involuntariamente. ¡Cómo actúa el subconsciente! Casi sin darnos cuenta, como si alguien la hubiera amordazado, empezó a callar en casa. Yo llegaba del colegio y poníamos la mesa con urgencia porque llegaba él, mi padre, con ganas de tenerlo todo listo. Todo debía estar en su sitio, la silla de brazos frente al televisor libre para él, «pon esto en el sitio de tu padre», una cerveza fría; la jarra de agua a su alcance, el baño libre de trastos por si entraba, las cortinas corridas, la comida caliente, el vaso a su derecha, la copa de vino, «por si quiere»... Mi madre era ya muda. Había dejado de existir en la casa y de tener opinión sobre las cosas, todo estaba bien, todo le parecía bien, todo podía hacerse, todo era sí. Pero su «sí» era un sí con la cabeza, no lo decía, lo gesticulaba cerrando los ojos.

Tiré al levantarme de la mesa el pan al suelo. Fue un día que me iba de excursión con mis amigas. Mi padre empezó a descargar en cólera una exagerada tromba de desaprobaciones.

—La estás educando mal. ¿No ves que es una torpe, que no sabe hacer nada, que no sabe comportarse?

Mi madre asentía y yo lloraba.

—No se llora. ¿No te he dicho que está prohibido llorar?

Mi madre me pasaba su pañuelo por la mesa, alargando su brazo bajo el tapete; era uno de esos pañuelos bordados que guardaba siempre en la manga del jersey.

—¡Deja de consolarla!

Mi madre me miraba abrazándome con los ojos vidriosos mientras se arrodillaba a por el pan.

—¡Deja que lo coja ella!

Mi madre se había agachado a por el canastillo que había caído al suelo.

—¡Que lo coja!

Mi madre me miraba con misericordia.

—¡Y trae agua fresca! ¡Que esta está caliente!... Y tú, ¡tú no te vas de excursión!

Mi madre se levantaba hacia la cocina mientras la poderosa voz de mi padre se pegaba al papel de las paredes como el humo de su tabaco. Yo me levantaba del suelo temerosa de volver a ver la cólera en su mandíbula, firme de odio, agresivo, dando manotazos a la servilleta.

Mi madre, mi madre, mi madre... Mi padre, mi padre, mi padre...

Por lo visto la forma de encogerse de hombros y soportar la furia era callarse. Callándose se había hecho invisible, imperceptible a la bilis de él. A mí me indignaba que nunca reventara ante sus ataques y desatara por una vez el coraje que se estaba atrofiando en el mutismo. Pero callada podía huir. Lo entendí. Pero lo entendí mucho tiempo después.

—La fruta no está bien pelada.

—Espera que te doy otra.

—Ahora ya no, ya me la estoy comiendo. ¡Es que no sabéis ni pelar un melocotón!

En la cocina estaba el refugio donde se podía llorar, donde se podían callar los enfados y apagar la amargura de mi madre. La fruta la había pelado yo para que mi madre hiciera el café con el que se volvía al trabajo, pero ella asumía que también era la culpable de haber pelado mal la fruta. Y se quedaba callada. Mamá ponía el café recién hecho en la taza de mi padre y murmuraba acercándose a mí: «No te asustes, no te asustes...». Le servía el café con una cucharada de azúcar, la exacta. Se la servía como si estuviera poniendo veneno, con todo mi odio. Sin embargo mi madre, arreglándose el delantal, me decía:

—Dale un beso a tu padre, que se va ya.

Los recuerdos me podían. Tanto que el volver a recordar la fruta mal pelada sirvió de sacudida a la anestesia que estaba viviendo en casa de Marcos. Me sorprendí reaccionando instintivamente en una actitud más propia de una reacción genética:

—Marcos, no quiero molestarte, soy Begoña.

—No me molestas, dime —dijo incorporándose en el banco del parque.

—Es que, como no estás en casa, quería saber si la fruta de la nevera la puedo tirar. Está pasada.

—Ah, ni me he dado cuenta. Mejor tírala, sí. Gracias.

—Y las revistas que has dejado en el sofá, ¿son para tirar o para guardar?

—Ah, puedes tirarlas también. Ya he recortado lo que me interesaba.

—¡También recortas fotos!

—¿Cómo, Begoña? ¿Qué quieres decir? —me preguntó en un amago de escepticismo.

—Es que yo recorto fotos... También me gusta coleccionar imágenes. Bueno, no importa. Las tiro entonces.

—Sí, sí. No tardaré en subir. Hace bastante frío.

—Espero que estés abrigado...

—Temo que hoy no lo suficiente...

—Pues mejor que subas —le dije—. En casa se está bien. —Y colgué el teléfono.

Acababa de llamarle desde el teléfono fijo de su casa para ver cómo abandonaba el libro a un lado del banco, cómo buscaba su móvil en el bolsillo y cómo me contestaba. A mí. Mentiría si dijera que tenía ganas de colgar en cuanto marqué su número, pero me pegué al cristal del balcón para observar todos sus movimientos. Apenas contestó la llamada, fijé la vista en la calle. ¿Cuerda? Poco consciente. Me entró risa. Ciertamente estaba enloqueciendo. Me había pasado, lo reconozco. Llevaba tantos días sin oírle que necesitaba saber por su voz cómo se encontraba. Mi madre se había quedado muda de tanto callar, yo no podía copiarla. Percibí en el tono de Marcos una confianza hacia mí de la que me había olvidado, o eso es lo que me imaginaba. A lo mejor estaba adormecida en una paranoia desasosegante. Voluntaria. Sí. Voluntaria. Él se encogió de hombros cuando dijo que «hacía frío en la calle» o algo así, y se apoderó de mí el antojo urgente de querer abrazarle.

Me había acostumbrado a mirarle oculta. Tal vez hasta él se estaba dando cuenta. No sé. A lo mejor alucino. (...) Digo que me había acostumbrado a mirarle apartada y, sin embargo, era feliz en mi infelicidad.

17

Al mediodía del martes siguiente recuerdo muy bien lo que pasó. Me quedé en el barrio por la tarde para hacer unos recados, quería volver a la mercería de la Palma y comprar hilos. Tenía varios encargos de Matilde, sobre todo dobladillos de pantalones y estrecharle camisas de su marido, que estaba adelgazando por culpa del azúcar, y me recorrí los escaparates de la Corredera Alta de San Pablo. Recuerdo perfectamente que me llevé unas bragas y un sujetador de oferta que vi en el escaparate junto con los hilos y las agujas para la máquina. Tengo una memoria que se va cuando le da la gana y que se me agudiza para las cosas más insospechadas. La verdad que es una forma de automaltrato porque empiezo a querer recordar fechas o nombres y se me olvidan, sin embargo me aparecen todas esas sensaciones que una quisiera haber olvidado el día después de haberlas vivido. No es el caso. Lo curioso es que me estaba amoldando a un barrio que no era el mío, había empezado a adaptarme como un flan a su molde. Incluso lo que antes era simple gente robotizada que anotaba en mi libreta de vigilancia ahora era parte de alguno de mis saludos matutinos. No solo eso, tengo que decir que la chica de la zapatería era pura simpatía conmigo, me había hecho descuento en unas deportivas la mar de cómodas de las que me había encaprichado y además, otro día, me regaló una camisola larga que utilizaba para estar por casa. Me saludaba siempre, porque siempre estaba pegada a la puerta mirando la calle. Lo mismo me pasaba con la droguería, de tanto bajar a comprar los productos de limpieza para la casa de Marcos había ido entablando una confianza de clientela fija y me venía genial porque, con el mismo descuento, aprovechaba para llevarme también la compra de mi casa. Isabel fumaba constantemente y tenía los dedos amarillentos. No sé por qué cuento todo esto, tal vez porque en mi felicidad también se incluía el pertenecer a la esfera de Marcos...

Marcos no estaba en casa esa mañana y el teléfono no dejaba de sonar. En cualquier caso, nada particular debía ocurrirle porque me dejó las típicas notas de cada visita con lo que debía hacer. «Tengo cena en casa, arréglame el salón más a fondo. Las camisas limpias están para planchar en el estudio, las he dejado colgadas de la puerta. Todavía estaban húmedas. Gracias. Marcos.» Supuse que estaba con una nueva película como proyecto porque, además del libro que devoraba en el parque, también había empezado a leerse un bloc de folios de texto que debía de estar aprendiéndose. Lo miraba y cerraba los ojos, lo miraba y cerraba los ojos, así todo el rato. No se despegaba de la rutina y supuse que estaba memorizando los párrafos constantemente. Puesto que no habíamos hablado mucho —casi nada—, así, de pronto, tampoco iba yo a insistir en preguntarle por la película que tenía entre manos. Cuando se bajaba lo hacía acompañado del manojo de folios envueltos en un plástico. En la carpeta, por fuera, ponía «Roberto». ¿Un personaje? Por eso le hice una sola pregunta: «Te llamas así en tu nueva película». No sonó a interrogación, pero asintió y entendí que era de los actores a los que les da mala suerte contar cosas de las películas, porque me sonrió y se tocó la cabeza como quien toca madera.

—Confío en este papel, me encanta —me dijo.

—Te irá bien —añadí arrastrando la «e». Algo que detesto.

—Eso espero...

Marcos parecía ilusionado. Así que yo me ilusioné por contagio. Las películas esas que tanto me han acompañado desde que era adolescente hablaban siempre de enamoramientos, de dramas con final feliz, de estrellas que brillaban en la escena, de grandes besos y grandes abrazos. Y me gustaba infectarme de las esperanzas. Siempre salía del cine emocionada, como queriendo ser una de las protagonistas. Si era de llorar, lloraba. Si era de reír, reía. A todas esas actrices les tenía respeto, suspiraba por ellas y me atragantaba con sus conflictos. ¡Qué apuros! Me guardaba las entradas del cine y las almacenaba en una caja que perdí cuando huí de casa. Pero todas las frases se me quedaron guardadas...

«—¿A cuántos hombres has olvidado? —decía Johnny.

»—A tantos como mujeres recuerdas tú —respondía Vienna.

»—¡No te vayas!

»—No me he movido.

»—Dime algo agradable.

»—Sí, ¿qué quieres que te diga?

»—Engáñame. Dime que siempre me has esperado. Dímelo.

»—Todos estos años te he esperado.

»—Dime que te hubieses muerto si yo no vuelvo.

»—Estaría muerta si no hubieses vuelto.» *(Johnny Guitar)*

Me la sé de memoria. Todavía ahora. La puedo decir entera. Entera. «Estaría muerta si no hubieses vuelto»... La soledad hizo que fuera una borracha de las salas de cine. Aprendí a hablar repitiendo las frases, imitando los gestos, copiando palabras que no entendía, cambiando de nombre si me apetecía... Llegué a decir que me llamaba Sabrina, Diane, Karen, Vivian, Cecilia... y se reían de mí. Hoy querría llamarme Blanche, como en *Un tranvía llamado deseo*. «Supongo que eso es lo que llaman estar enamorada.» Supongo.

Conocí París sin haber ido, subí a la torre Eiffel subiendo fotogramas como si fueran escalones, viajé hasta Nueva York a través del cine, me enteré de la estepa rusa con los paisajes de *Doctor Zhivago*, conquisté el Oeste cuando los vaqueros bajaban de sus caravanas y me puse joyas cuando Lulamy se las quitaba... Yo viví lo que vivieron ellas. En mi butaca. Sola. Por eso no me costaba enternecerme cuando veía a alguien emocionarse. Y Marcos salió de casa ilusionado. En ese momento solo me quedaba interpretarme en *La ventana indiscreta.*

Me metí en su cocina para prepararle un pan de Calatrava. Pensé hacer magdalenas, espuma de limón o un pastel de manzana que llevo haciéndolo desde que tengo uso de razón..., pero el pan me salía tan bueno que no dudé. Puse varias rebanadas de pan en un cuenco con leche para que se quedaran bien empapadas, casi hasta deshacerse. De hecho jugueteé con los dedos para ayudar a desarmar el pan. Es algo que me gustaba hacer desde niña. Acaramelé con azúcar un molde que no había sido usado nunca, Marcos los guardaba en los cajones de la despensa junto a decenas de bolsas de maíz para hacer palomitas (pensé). Calenté azúcar hasta derretirlo y con una cuchara recubrí todo el borde para endulzarlo. Me basta con dos cucharadas de azúcar. Batí cuatro huevos con algo más de leche y más azúcar... y lo junté al pan empapado formando una masa. Luego lo metí al horno y seguí con la casa. Eran más de las dos y media, y de pronto llegó Marcos. Parecía más feliz que antes incluso. Me preguntó por el olor que salía de la cocina.

—¿A qué huele?

Improvisé lo primero que me salió.

—Huele a casa, ¿verdad?

—Sí, huele a casa. Creo que es la primera vez que vuelvo a oler a azúcar quemado. No lo recordaba.

Sonreí. Lo hice pegada a la pared porque cuando me habló, le salió un tono de añoranza infantil, casi mimoso.

Como de esos niños consentidos que piden más azúcar en su plato.

—Estaba haciéndote un pastel, bueno, un pan de Calatrava. Tampoco cuesta mucho. Y así te vendrá bien para la visita de hoy…

—¡Ni te imaginas! Pero ¡no se creerán que lo he hecho yo!

—Te lo explico y presumes luego. No ha hecho falta nada en especial, tenías pan, tenías leche, huevos y azúcar…

—¿Nada más? —me preguntó.

—Qué va. Es muy sencillo y…

—…Y me va a encantar.

—Espero que sí.

Y de pronto parecía que él y yo habíamos estado hablando toda la vida. El azúcar quemado estaba caramelizando la casa, el dulzor estaba recorriendo las paredes, colándose por las puertas y por sus poros. Había dejado caer azúcar caliente sobre el mármol de la cocina y se habían formado dos caramelos corrientes, demasiado espontáneos pero lo suficientemente dulces como para dejarse llevar.

—¿Caramelos de azúcar?

—Sí —le contesté feliz.

—Se habrán pegado a la barra…

—He puesto aceite con el dedo para poder soltarlos ahora. Verás. —Y le ofrecí uno, el más grande, que se me rompió al dárselo al en ese momento ansioso de Marcos.

—Qué rico.

—A veces me los hago en casa —le dije—. Me gustan

más que los de las tiendas. No sabe a fresa, ni a menta..., sabe a azúcar.

—Sabe a casa.

Sabe a casa. Tenía razón. El azúcar quemado cristalizado era el olor a casa. Mi abuela me hacía cristalitos cada vez que se ponía a hervir flanes de huevo. Si las castañas traen el invierno a las calles, el azúcar trae la sensación de cobijo, de techo, de nido... a casa. Es increíble lo bien que me estaba sintiendo. Marcos todavía no había soltado los papeles de la mano, el guión que ponía «Roberto». Aproveché.

—Ahora te llaman Roberto en el trabajo.

—¿En el estudio? Bueno, algunos. Es la forma de meterme en el papel. A Roberto le gustan tus caramelos —contestó mientras arrancaba el otro trozo de la encimera.

—Sí. Ya veo. Si quieres te hago más. El pan de Calatrava no tarda mucho en hacerse...

—¿Y si pongo caramelos de azúcar en un plato esta noche? Es original.

—A lo mejor les parecen demasiado bastos. Es solo azúcar...

—Son caramelos, les encantarán. Por cierto, perdona. ¿Me has planchado las camisas?

—Sí, las tienes colgadas en el armario. Hay una que la he dejado fuera, le falta un botón en el puño, pasaré a la mercería a comprar repuesto. Es de los de nácar, habrá. O lo mismo tengo yo en casa. De esos siempre guardo.

Estaba perpleja. Tratando de ser lo más natural posible porque en aquel instante si el azúcar hirviendo me hubiera caído en las manos, no habría sentido el dolor, tenía a Marcos caramelizado. Al mirarme en el cristal del horno me reconocí diferente, estaba sonriendo gracias a la situación. Ya no era necesario imaginar cómo era Marcos en sus momentos más caprichosos, jugueteando con el dulce, intentando averiguar el sabor de mi pastel... Marcos respiraba hogar. Y yo tenía más ganas de llorar de las que tengo ahora. Me veo las manos agrietadas por la sequedad de esta celda, el frío no es un frío que congela, pero sí es un frío que me perturba. Metería los dedos ahora mismo en leche con pan para volver a hacer otro pan amasado... y caramelizaría el molde... para hacer flanes, o la tarta de manzana que hice semanas después. Me di la vuelta en la cocina mientras Marcos rompía con sus dientes el cristal azucarado y me metí al baño para desahogarme en soledad. Me rompí como el azúcar. Desde allí, también se podía oler el calor del horno respirando leche, huevos, azúcar... El pan que hacía mi madre era el lápiz con el que estaba escribiendo el capítulo más maravilloso de mi vida.

—¿Sabes que en la película salgo con un perro? Antes me daban alergia, ahora parece que no. Porque entre *Cuco* y yo hemos entablado una relación espléndida. Es de la Once, es un perro guía... Me estoy acostumbrando a él. Bueno, ya he metido la pata. Qué patoso, por no querer contar nada, al final te lo estoy contando a ti. Cruzo los dedos.

—Cruzo los dedos —repetí.

—Me estoy planteando si tener un perro aquí. ¿Tú tienes perro?

—No. Tengo un gato y un periquito.

—¿Habla el periquito?

—Qué va, lo intento, pero pasa de mí. Es un borde. Siempre ha sido un borde. Bueno, ya está viejo, no creo que hable ahora.

—¿Y el gato?

—Tampoco habla.

—No, ya me imagino —me soltó irónico—. Digo que qué tal tu gato.

Me sentí ridícula.

—Es un gato que me regaló mi marido. Lo tengo como compañero.

—Perdona, a lo mejor te estoy preguntando mucho. La culpa la tiene el azúcar quemado. Tus caramelos.

—Pues también le encanta el azúcar.

—¿A tu marido?

—Nooo. —Esta vez reí irónica yo—. A mi marido no sé qué le gusta. Y... tampoco creo que...

—Perdona, Begoña. Perdona.

—No te preocupes. Hace mucho que no forma parte de mi vida.

Yo continué hablando a su lado, pero con otro tono. La presencia verbal de mi ex marido me acababa de amargar la garganta. Aquella frase me oxidó el ánimo y sentí necesidad de abrir el horno para ver cómo estaba el pan de Calatrava. El humo me cegó y aproveché para llorar fingiendo que se me había metido por el calor una pestaña en la córnea. Marcos tuvo el propósito de soplarme en los ojos, pero me negué.

Era imposible tenerle tan cerca, volví a entrar al baño y me lavé la cara con agua fría. Era como meter la cabeza otra vez en la pila de la iglesia. Así estaba yo delante de Marcos. Anestesiada. No era que estuviera nerviosa, era que estaba feliz. ¿Cómo digo feliz de otra manera? Feliz. No existe más satisfacción. Quizá, sin quererlo, había roto el azúcar quemado de mi relación con Marcos.

Y eso fue todo porque en ese momento se metió a la ducha y yo dejé todo listo para irme a casa. Alguien llamó por teléfono y le dijo que llegarían sobre las seis, era voz de mujer. (Ella.)

18

Cuando la luz se va yendo, me invade una tristeza enorme. No lo puedo evitar. Aquí en la celda, rodeada de fotografías de Marcos pegadas por las paredes, me siento por momentos mal, por momentos bien. Ahora... mal. Escucho continuamente las voces del resto de las presas mezcladas en el pasillo, una frecuencia que suena a eco porque la barahúnda se confunde con los hierros y con las cisternas de agua que constantemente se llenan y se vacían con ese molesto goteo que provocan las que están estropeadas. He rezado durante una hora mientras recordaba el olor del pan tostado, el horno caliente, la costra de azúcar bañando el bizcocho de pan que hice aquel mediodía... Al final he acabado rompiendo unas galletas que me he subido del economato. Son demasiado pastosas, demasiado secas, demasiado insípidas. Se me han roto sin querer, de tanto estrujarlas con el recuerdo entre las manos. Odio estas galletas ásperas que solo sirven para bañar en la leche caliente.

Al menos, por esta tarde, se me han movido las entrañas evocándome a Marcos en su cocina, comiéndose los caramelos que le hice. Están pasando demasiados días. Tengo las sábanas llenas de migas secas. Me da por darle demasiadas vueltas a la cabeza y no me gusta. Tengo frío, tengo calor, tengo miedo, tengo ganas de abrazarme a alguien y no veo más que fotos de Marcos en la pared. Quisiera ser pequeña otra vez...

Mi abuela y yo nos teníamos un afecto mutuo que enfurecía a mi madre porque nos entendíamos mirándonos. Y eso que ella me daba miedo, su presencia física era tan poderosa al entrar en la cocina grande, la de la chimenea, que abandonaba todo lo que estaba haciendo. Era más alta que mamá, más fuerte, más callada. Tenía el pelo blanco pegado hacia atrás con un moño que cogía con horquillas después de haber trenzado las canas con agua de colonia. Se lo pegaba estirado con la fuerza de unas manos arrugadas pero duras, fibradas como abanicos. Después se maquillaba con Maderas de Oriente, unas cajitas aplastadas que llevaban dibujado un dromedario blanco y que contenían una borla de terciopelo que, conforme se iba usando, se quedaba tiesa como la arena de playa mojada. Mi abuela me tenía prohibido tocar su caja de tocador, incluso ponía fuera de mi alcance las colonias y los peinadores ribeteados de ganchillo. Abría el armario del baño y, como era tan alta, los dejaba en el estante más alejado del suelo para que «no tocara nada». Abajo quedaban las toallas, el papel, el botiquín, etcétera. Se calentaba la leche en un cazo viejo, que el fuego había consumido hasta el extremo y que hervía enrojecido a la primera llamarada del fuego. La leche, si no se vertía del borboteo, se cuajaba de puro caliente soltando toda su nata en espuma de burbujas espesas. Hervía pero no le quemaba. Ni la leche al beberla, ni el cazo al cogerlo. Un día la vi cambiar las brasas de la estufa metálica con los dedos, sin alterarse nada al agacharse al fogón, que tenía también una portezuela metálica. Cogía las brasas que calcinaban el aliento, movía las patatas entre las llamas y sacaba la mano... fría. Yo no lo intenté nunca. También es cierto que no lo habría intentado nunca. Soy una miedosa.

Las galletas del economato de prisión las habría bañado en café; en casa hacía un pastel de moca muy a menudo. Algunas tardes de aburrimiento y frío me metía en la cocina y me organizaba una merienda para varios días. Total, como vivo sola... Son las mismas galletas de hoy. Secas, ásperas, desabridas. Primero las mojaba en café con unas gotas de coñac; después, el café que me sobraba lo mezclaba con mantequilla y azúcar para fabricar una pasta dulzona que iba extendiendo entre capa y capa de galleta calada de licor y café, borracha. El tenedor era la única forma de trabajar esa masa que se me iba pegando en el cuenco y que giraba apelmazada subiéndose por los bordes. Luego, ya acabado, espolvoreaba nata y chocolate por encima... Me lo enseñó la abuela. Mi abuela.

—Si nos dejaran cocinar, haría un pastel de moca para todas las del pasillo —le he dicho a mi compañera, que me miraba huraña. No me ha hecho caso. Gaby estaba muy seria cuando se ha girado a preguntarme. Tan seria que se ha quitado las gafas y ha empezado a balancearlas con la mano derecha.

—¿Por qué dices que te llamas Begoña Rojo? —me ha preguntado seca.

—Me gusta. Begoña es nombre de flor. Como Margarita, como Azucena.

—Las funcionarias te han llamado Ángeles, lo he escuchado en el pasillo más de una vez.

—Es que me llamo Ángeles Alarcón. Pero no me gusta.

—¿Qué tontería es esa?

—Me daba miedo decir mi nombre...

—¿Por qué?

—Porque así parecía que yo no estaba presa.

—Estás loca.

—Estoy loca. Seguramente estoy loca.

—Y... ¿cómo quieres que te llame? —ha dicho, sin mirarme.

—Begoña. Como se llamaba mi abuela.

—Vale. Eres rara. Be-go-ña.

—... —Me he callado.

Nos quedamos calladas, ella apoyada en la pared, yo sentada en la litera. Con las migas. Nadie se había preocupado de preguntarme por qué utilizaba un nombre ajeno, sé que algunas habían oído cómo en el almacén de la lavandería me habían llamado por mi nombre, pero no se distrajeron. Ella era la primera en rascar en mi embuste. Tal vez el aburrimiento de estas paredes, toscas. Resecas como las galletas.

—Eres la primera Begoña que conozco.

—Ya ves.

—... El pastel de moca podrías hacerlo para las del módulo, a lo mejor nos dejan.

En prisión somos muchas, pero no me fío de casi ninguna. Aunque me imagino sus culpas y las penas por las que están aquí, me niego a preguntarles. Lo hago con el propósito de que no me pregunten a mí. Gaby, la compañera con la que hablo, es colombiana. Es su segunda prisión, por eso se maneja segura entre el carnaval de indolencia que recorre los pasillos de este centro. Con gran desenvoltura, como si ya estuviera acostumbrada a las paredes, va y viene del patio al gimnasio, se mastica los silencios con desidia y se sienta en el banco sola. Se desprende de la chaquetilla en cuanto entra en la celda y la dobla con lentitud para que ocupe el menor espacio posible en la estantería. Entre las ropas y los objetos de limpieza apenas tenemos hueco. Es parca en palabras, mejor. Alguna vez mira de cerca mis fotos, las fotos de Marcos.

—Pongo la tele, ¿vale?

—Tanto me da.

—Echan el concurso... ¡ayer ganó el de Guadalajara!

—Si mandamos cartas, ¿podríamos ir? —dije.

—Claro, claro. —Puso la mano en su corazón con la

solemnidad que requería su ironía—. Y si nos toca el viaje, nos vamos también. Nos podemos ir juntas.

—A lo mejor nos lo guardan para la salida.

—A lo mejor, Begoña. Quizá nos lo guardan.

Yo rememoraba aburrida cuando al día siguiente, después de la fiesta que hizo en su casa, Marcos me trajo una botella de vino envuelta en papel. Me dio las gracias por haberle hecho el pan de Calatrava y me pidió que le volviera a hacer otro la semana siguiente. «Vendrá el director de la película», me explicó. «No tienes más que pedirlo», le dije. La chica de la boca gruesa entró cuando yo me iba, feliz con mi regalo en el bolso y perfumada de Vetiver. Me había rociado de colonia en su baño después de lavarme las manos. Me dio igual que entrara la fumeta, la sonrisa que le articulé de saludo era más franca que todo lo que esa lo sería en su vida. Entró peinada con flequillo liso, se lo había cortado como una geisha, en plan liso hasta las cejas, llevaba los ojos muy maquillados e iba subida sobre unos tacones que la hacían más desgarbada de lo que era. Con los ojos pintados así, con el vaquero ajustado y el escote abierto asomando vulgaridad, parecía una puta. No era una novia, era una zorra pintada de escarlata. Y, sobre todo, con aquel bolso enorme color plata con el que golpeó la planta de la entrada sin misericordia. Todo lo que me apetecía decirle se lo dije con la mirada, ¿he dicho que era franca?

Soltó el bolso y entró directa a abrazarle.

—¡Qué guapa estás! —gritó Marcos.

—¿Dónde me vas a llevar? —preguntó haciéndose la boba.

—No, no... Hoy nos quedamos aquí. Nos quedamos en casa. ¿Te apetece?

—... Me apetece, claro. Dame un beso.

Cerré la puerta de un portazo. Lo sé, lo sé. No debí. Me sobrepasaba su presencia de emperatriz de la China. Se movía agitada, con la gestualidad de una hiena, guiñaba el ojo para coquetear, se hacía una coleta y se soltaba el pelo después a golpe de melena, de derecha a izquierda. Nerviosa. Ridícula. Y, probablemente, así era. Lo que me descomponía era que Marcos, a veces, le seguía el juego. La llamaba «niña».

19

Gonzalo me llamaba «niña». Igual que la Luisa y la Tere. También ellas dos me llamaban «niña» cuando me pedían hora. Incluso papá cuando entraba a darme las buenas noches me llamaba «niña». Por unas cosas y otras, todas las opciones me molestaban. Hacía bastante tiempo que no lo había escuchado con tono zalamero. «Niña...» Marcos se lo había dicho con corazón, estaba contento, esperanzado. Sin embargo, ella lo recibía como una marrullería, sin fiestas.

Cuando volví al día siguiente, retiré las sábanas de su cama con urgencia, con una sola mano di un tirón y, sin mirar, las metí en la lavadora y di al *on*. Olía al perfume de ella, al de la «niña». Empecé a abrir ventanas y puertas para que corriera el aire por toda la casa. Yo conocía ese olor a coito y arramblé con todo lo que encontraba a mi alcance. Fui con una bolsa de basura por el salón vaciando ceniceros, los porros, bolsas de té usadas sobre algunas revistas, tiré las viejas, papeles arrugados, bolsas de pipas que se habían quedado a mitad, unos montones de sobres de promociones y regalos, facturas caducadas... Cerré los ojos. Un presentimiento corría dentro de mí. Entonces fue cuando me metí en la habitación y decidí ordenar sus camisetas y ropa interior. «Pero qué hace esto aquí», era un pantalón desgastado hasta el extremo, lo tiré, también tiré unas camisetas que tenían el cuello desbocado en exceso y unos pares de zapatillas viejas. «Ni se va a enterar», me dije. El presentimiento no era malo. Las voces que abrazan los buenos augurios suenan en calma, según dicen.

Cuando tuve todo hecho, organizado y limpio, me dispuse a hacer arroz con leche para Marcos. Sin embargo ni tenía arroz, ni tenía leche. Al bajar a la calle descubrí a la «niña» hablando en el portal acaloradamente, estaba con el actor amigo, no sé si Rubén o Hugo.

—¿Qué pasa con Marcos...?

—Marcos está subidito, pasa de mí. Está con su película y con sus sesiones de fotos pasando de todo lo demás. Lo único que me envía por móvil son fotos de las sesiones, las que más le gustan, ni se preocupa de ponerme un «beso» o algo cariñoso, me las reenvía directamente del fotógrafo.

—Bueno... ¿Y lo demás?

—Lo demás soy yo, tío.

—Nosotros nos vemos y hacemos planes.

—Ya, pero hacéis planes y no contáis conmigo.

Ella estaba refugiándose en la cercanía del otro.

—Tú y yo, al menos, ya pensábamos en vivir juntos a

los cuatro meses. Marcos en cambio pasa. Dice que es pronto, que no quiere meterse en una relación completa.

—Es que…

—¿Qué?

—Que lo mismo todavía está pendiente de ella. Tampoco hace mucho que rompieron.

—¡Pero yo le quiero!

—Ya, tía, y ¿qué? Pero cada uno es cada uno. A veces fluyen las cosas y otras veces se queda todo destemplado… por mucho que lo intentes, niña. ¿Qué piensas hacer?

—No sé. No me llames niña. Marcos me llama niña.

Se habían apoyado en el portal, junto a los telefonillos, y yo estaba escuchando todo perfectamente desde dentro. Se oía con absoluta nitidez, por eso esperé petrificada escuchándoles.

—La ex apareció el otro día en el Palentino.

—¿Y qué?

—Pues que vi sus ojos, muy abiertos, con ganas de acercarse a Marcos. Las tías sabemos descifrar miradas…, todo eso que vosotros no tenéis ni puta idea.

—Pero tú no vas a negarle que se saluden…

—… ¡Se saludaron! Yo no negué nada. Pero lo que me retuerce es que…, buff…, que Marcos se quedó en silencio mogollón de rato desde que ella le saludó y se fue. Pedí dos cañas, tú llegaste después, ni te enteraste…

—Estaba bien.

—Claro que estaba bien, lié hierba y acabamos en casa. Borrachos.

—Digo ella...

—¡Bah! Supongo.

—Os quedasteis en casa...

—Estaba la tía esa, llegaba la asistenta. Y me echó. Yo creo que se la ha buscado para que yo no me pueda quedar. Tengo las llaves y ahora venía a recoger... Es la hierba que me quedaba. Con la tontería se me quedó en el salón.

La medicina de la «niña» la llevaba entre la basura, entre los papelotes y cenizas que había recogido del comedor. Abrí la portezuela del cuarto de basuras y vacié todo con ganas, como si la arrojara a ella.

Entonces es cuando salí a la calle.

—Hola —articulé fingiendo sorpresa.

—Hola —dijo ella.

—Qué casualidad veros aquí en la puerta. Voy a comprar unas cosas que me hacen falta...

—Ah —añadió—, yo voy a subir a casa de Marcos ahora.

—¿Te dejaste algo? —respondí desafiante.

Y en ese momento devolví un «hola» al chico al mismo tiempo que desplegaba una sonrisa gratuita para ella y eché a andar hacia el mercado reclamada por el arroz y la leche. Un desasosiego me recorrió el cuerpo al saber que Marcos, tal vez, todavía estaba enamorado de la otra chica. La ex. No tenía ni idea. Era la primera vez que escuchaba esa información, por eso empecé a darle vueltas a mis recuerdos: a todas las fotos que tenía guardadas en casa, las entrevistas en las que hablaba de amor y de aspiraciones familiares. No recordaba nada que me hiciera encontrar alguna clave de su anterior relación. Cogí leche entera, un paquete de azúcar y otro de arroz, un botecito de canela en rama y me volví a casa.

—¿Has visto una bolsita por aquí? —me dijo la chica de la boca gruesa al tropezármela hurgando entre los almohadones del sofá.

—¿Desde cuándo?

—Desde el otro día.

—No he visto nada.

—¿Has recogido ya todo?

—Pues sí. Ya he hecho limpieza. Estaba ahora con la cocina.

—... era una bolsa así —dijo indicándome nerviosa con los dedos—. Y llevaba una goma. Como hojas secas.

—Pues, hija, no. No te puedo ayudar. Ya sabes que yo no toco nada. Marcos tiene todo muy ordenado y me limito a poner las cosas en su sitio... Lo que sí he visto es mucha ceniza...

Noté que no se fiaba de mí. Esas cosas se notan. Yo tampoco me habría fiado de mí. No quería contestarme ni preguntarme, solo me miraba chula, tan fanfarronamente que me pareció que no se iba a ir del comedor si yo no me iba a la cocina. Así hice. Puse la leche a calentar con dos palitos de canela rotos en cuatro trozos, con la corteza del limón y una pizquita de sal. Subí el fuego. Ella hervía en el salón moviéndose sobre sus tacones de un lado a otro. De pronto volvió a la cocina.

—¿Qué estás haciendo?

—Remover la leche.

—Ya veo. ¿A qué huele?

—... A canela. ¿Qué pensabas?... Lo mejor es con una cuchara de madera, ¿sabes? No hay que dejar de remover para que no se pegue el arroz al fondo.

—Eso engorda.

—Engorda, sí, seguramente.

—¿Es para Marcos?

—... Y ahora lo retiraré del fuego, sacaré las pieles del limón y los trocitos de canela... Echo el azúcar y... lo vuelvo a poner dos minutitos más...

El portazo de la «niña» al irse me removió la cazuela del fuego sin necesidad de la cuchara de madera. Yo conocía ese método de dar portazos. Había impulso, necesidad, violencia. Era la primera vez que le encontraba utilidad práctica al arroz con leche, la primera vez que perpetré un acto de rechazo silencioso sin desfallecer en lágrimas en la cocina. Los genes otra vez. Los genes...

La cocina había sido el refugio de guerra de mi abuela y el lugar donde mi madre se escondía a puerta cerrada. Yo ahora acababa de encontrarle a las cuatro paredes alicatadas la utilidad para, envuelta en un delantal, resolver el desprecio. Creo que el fogón encendido era el lugar que nos mantenía seguras ante la adversidad, como si no hubiésemos adelantado nada desde la prehistoria. El fuego protege y la cocina también. Mi abuela podía pasarse horas reflejada en los azulejos humeantes de vapor haciendo tortas de calabaza o sazonando solomillos de carne con ajo y perejil picado para que se maceraran en la despensa lentamente. Mi madre igual. Con las variaciones de los recuerdos culinarios ablandaba carne picada en un cuenco de barro con almendras molidas, removiéndolo todo y mortificándose los dedos para mezclarlo perfectamente. Siempre cocinando, siempre de espaldas a la puerta de la cocina, pero seguras. Cuando mi madre estaba triste, cocinaba salado, cuando hacía dulces es que estaba alegre. La abuela igual. Dulce si estaba feliz, salado si estaba apagada. No había más misterio en la alacena de mi madre y su madre. Ahora pienso que los sentimientos también se podían guardar en botes de conserva para utilizarlos cuando nos hicieran falta, incluso guardarlos al vacío cuando el sobrante se nos amontonara en la despensa. Y yo hoy me había entregado al arroz con leche… dulce…

Una vez rotas mis relaciones con la «niña», creció dentro de mí la sensación de que yo era la única mujer de la casa. Marcos tenía la habitación hecha, el comedor arreglado, las camisas y camisetas planchadas, los pantalones doblados, los botones recosidos para no perderlos, flores en el salón recién puestas, y la cocina, recuperada, había empezado a utilizarse.

—Qué rico, Begoña.

—Sabía que te iba a gustar…

—... me encanta...

Acababa de entrar Marcos a la cocina e imaginé que se había tropezado con ella por las escaleras o en el portal, pero cerré la puerta para que se quedara conmigo al abrigo del olor a arroz con leche que acababa de hacer. Me importaba un pito la moza.

—Nunca había probado el arroz con leche —dijo Marcos al dar una primera cucharada.

—¿Nunca?

—Bueno, aquí en casa. Hecho casero, digo. Alguna vez he comprado alguno, pero esto sabe tan distinto...

—Este es con canela en rama.

—Como las velas del salón...

—Parecido. También lleva limón, un trozo de peladura.

—Creo que vas a hacer que me vuelva el más goloso de Madrid. Desde que has venido he conocido ya varios postres.

—Me gusta hacer cosas dulces.

—Y yo soy como un gato, que me voy relamiendo...

—Como no tenías nada en la nevera he pensado que a lo mejor te gustaba.

—...

Marcos siguió comiendo de la taza cucharada a cucharada, casi diría que bruscamente.

—Mi madre lo hacía, pero mi abuela conseguía un punto espectacular que ya es irrecuperable.

—... Pues el tuyo no tiene nada que envidiar, imagino.

—No sabes cómo era el de... mi madre. Se quedaba

todo el rato mirando la cazuela y yo mirándola. Me gustaba verla cortar el limón en el mármol y romper la canela..., me daba una rama y me sabía mejor incluso que el regaliz... ¿Has probado alguna vez el regaliz? Bueno, crujía la canela y todo olía como ahora..., y eso que ahora huelen menos estas ramas... A la abuela le gustaba hacerlo a escondidas y salir con la sorpresa a media tarde... «He hecho arroz con leche», decía orgullosa mientras venía con cucharillas en la mano... Ay, no sé por qué te estoy contando esto...

—Sigue, me gusta. Mientras me lo voy comiendo...

—Creerás que me enrollo.

Marcos negó con la cabeza. Había empezado a deshojar una margarita rota que se había soltado del ramo. «Que le salga sí», pensé. Aquel episodio fue para mí el más feliz desde que me encontré el cartel en la Gran Vía con su cara y su nombre, porque ahora —como la canela en rama— se había resquebrajado la frialdad del trato como mera asistenta y sentí el olor de la felicidad. Entonces fue cuando le relaté la receta paso a paso, «por si la quieres apuntar, aunque es fácil recordarla»... Yo había visto cocinar a mi madre tantas veces... Ya he dicho que vivíamos en la cocina, ajena a los humos del exterior. Me sentaba en la barra aupada por una silla de níquel que hacía las veces de escalera y atenta, sobre todo callada, observaba el aceite puesto a calentar. Cuando empezaba a hervir, mi madre echaba un mendrugo de pan para que se friera, luego lo sacaba, lo ponía en un trapo y lo partía para las dos cuando se enfriaba. Nos encantaba el pan frito brillante como la miel. Entonces echaba la carne cortada a cuadritos para dorarla por fuera porque ya tenía la cazuela dispuesta con el agua para el guisado. Más allá de verla y aprender a cocinar, lo que yo quería era estar allí, juntas. Seguramente más calladas que en misa, más incluso que en el colegio. Pero juntas. Sobre nuestras cabezas flotaba la presencia dura de padre, ajeno a todo.

—¿No te hacían de pequeño arroz con leche? —murmuré casi a su oído sin levantar la vista de la cazuela sucia puesta en el fregadero.

—No lo recuerdo.

—Pero te gusta...

—Me encanta. Aunque con los años he ido acostumbrándome a lo salado. Seguramente por obligación, con lo que me gusta el azúcar... Un amigo me dijo que el azúcar se puede plagiar, los edulcorantes, las sacarinas; la sal, jamás.

—¿Eso es de alguna película?

—... Jamás encontrarás azúcar en unos labios, en una frente, en unas axilas. Es sal lo que rezuman las personas. Sal, lo que te proporciona el mar.

Empecé a pensar en mi mar, cuando buscaba caracolas entre la arena, y en que tal vez Marcos tenía razón. Por eso la abuela prefería cocinarme dulces... Superada la infancia, fortalecidos los huesos mediante la leche y el azúcar para todas esas caídas que hemos de tener después, el azúcar es sustituible: sacarosa, fenilalanina, insulina... Por eso no debemos dejar de sudar, transpirar, alegrar nuestras comidas con sal...

Marcos añadió:

—Es esa sal la que nos permite saber que los lazos se deshacen, que los pañuelos se sueltan, que los moños se desbaratan. ¿Qué, sino la sal?

Entonces es cuando Marcos se calló y yo me callé. Estábamos los dos apoyados en la mesa, donde había dejado las margaritas que me habían sobrado del ramo del comedor. Se quedó mirando las hojas en silencio, apenas roto por mi respiración. Yo conocía perfectamente esos silencios evocadores porque me recordaban a mí de pequeña, esos mutis eternos que mantenía con mi madre para decirnos de todo sin abrir la boca. Un señor llamado papá construía puzles gigantescos en la mesa grande del comedor, la del aparador. Allí montaba paisajes de montañas nevadas, bailarinas en acción de danza, ciervos de caza, caballos galopando inertes por campiñas verdes…, todos destrozados en miles de piezas chiquititas que desplegaba y ordenaba por colores. Una pieza, otra pieza, otra pieza, otra más… Gritaba en seco cuando no conseguía encontrar la miniatura que encajaba con la escena y aullaba cuando la encontraba. Luego seguía en silencio, con el tabaco consumiéndose en un cenicero pesado. Tan alto como era, se curvaba sobre la mesa con una lupa cargado de gestos como los autistas. Miraba y remiraba las piezas y, a veces, nos echaba las culpas si no aparecía la que buscaba.

—¡Habéis tocado algo! ¿Habéis tocado algo?

—No, papá. No he tocado nada.

—¡Habrá sido tu madre!

Acabado el esfuerzo, con las miles de piezas ya en orden formando el dibujo, barnizaba con un pegamento especial toda la pintura para que se quedara fijada en el panel. Luego la enmarcaba con listones de madera y buscaba hueco en alguna pared. Una y otra vez, siempre haciendo puzles grandísimos. Todo era siempre igual: mientras mamá juntaba condimentos y especias, él juntaba piezas. Yo atendía los gritos de uno y me zambullía en los silencios de la otra, de mamá.

—¡Como me entere de que habéis tocado el puzle! Me faltan piezas, he dicho que me faltan piezas...

Luego se calmaba cuando aparecía la pieza que encajaba en la escena y ajustaba su disgusto.

—¿Está la comida? —preguntaba después.

Pero la comida no podía ponerse en la mesa. Comíamos en la cocina, donde olía a canela, a laurel, a perejil, a ajo picado, a tomates en conserva, a azúcar moreno, a aceites, a vino moscatel, a albahaca, a pimentón rojo, a comino, a albóndigas de pollo con almendras, a potaje de judías blancas, a tortilla de pimientos, a fregasuelos, a gas, a jabón, a embutidos y quesos... La mesa del salón, que se desplegaba en alas, quedaba para la Navidad, cuando debía estar listo su nuevo y voluminoso puzle después de meses juntando piezas entre gritos, aullidos y disgustos. Allí debíamos poner el mantel, las copas sin uso, las servilletas bordadas, los cubiertos nuevos, que ni pinchaban bien ni cortaban; y allí debíamos arremolinarnos todos, porque después de todo éramos familia.

Sin embargo una Navidad acabó asomando el diablo.

—Es el más difícil que he hecho nunca —decía jactándose—. El mejor y más grande.

Efectivamente, pero también fue demasiado difícil y costoso de acabar. Llegó la Nochebuena, todo estaba listo para reunirnos y cenar juntos. Papá no había acabado su paisaje de nieves y casas suizas, y la mesa seguía ocupada con el desplegable de piezas sin montar. Intentó pegarse un atracón de montaje los días previos, pero los fragmentos de su tesoro seguían en pequeños montones de idéntica forma y color. Apenas se inmutaba el horizonte.

—¿Vamos a cenar aquí? —preguntó mamá acercándose.

Hubo un silencio atroz y mi padre se arrancó diciendo:

—No me calientes, ¡no me calientes! Sabes que no he acabado esto y es porque me ponéis nervioso, tu hija y tú.

—...

—Como yo me entere de que estáis tocando mis puzles, vais aviadas. Soy muy paciente y... ¡lo sabes!

Mamá calló.

—No me mires así. ¿Qué quieres decir, eh? ¿Qué quieres decir? ¡Que no está la mesa lista! Pues no está la mesa lista y se acabó. ¡Que se vaya tu madre a su casa a cenar!

Mi madre callaba abrazada al mantel bordado que guardábamos en el segundo cajón del aparador, bajo los cubiertos de la abuela. Lo abrazaba contra su pecho. Parecía que se protegía del golpe irracional que de un momento a otro saldría de su mano perversa estampándola sin reparos en mi madre. Sin motivos. Por un puzle. Sin quejarse, para que yo no viera nada, ni dijera nada, ni gritara nada, mamá callaba.

El salvaje obligaba a mamá a agacharse de rodillas para recoger los segmentos del puzle que se caían por el nerviosismo sádico de papá, al revolucionarse enfurecido por el comedor, brazos en alto, con la idea infundada de que le tocábamos las piezas como un complot para que nunca los acabara. Estaba loco.

—¡No he terminado aún! —gritaba—. No te vayas todavía.

Yo juraba que de mayor mataría a mi padre. Y se lo pedía a la Virgen de escayola que tenían en la habitación, sobre el cabecero de su cama. Uno de mis mayores miedos de pequeña era que les cayera encima mientras dormían, pero en esos momentos —escondida viendo todo— rezaba para que esa Virgen cayera sobre mi padre matándolo en sus sueños. De hecho, una vez cayó sobre la cama y se rompió el brazo con el que sujetaba al Niño Jesús, pero no le mató porque se desplomó de día, sobre las seis. Digo yo que no acerté con los avemarías en las coordenadas de la cama ni en tiempo ni en espacio… Y que, a lo mejor, no estaba bien que pidiera la muerte de papá. Eso sí, me pasé semanas dando portazos para que alguno de los puzles se viniera abajo desmontándose en el suelo.

—No des portazos —se me quejaba mamá.

—¡No me importa!

—No me grites tú también, Ángeles, no me grites…

—No te grito, mamá, no llores. Que lloro yo.

—Prométeme que si tienes hijos, cuando seas madre y les quieras mucho…, te acordarás de mí. Y, sobre todo, que no les gritarás. Les harás comidas dulces, les enseñarás a tener paciencia, a ordenar la casa, a decir «gracias». Y a dar besos con abrazo. Acuérdate de mamá.

Ella no sabía que yo, con los portazos, lo que deseaba es que cayeran los trozos del espanto en el que nos obligaba a vivir papá. Con los portazos lo que quería era ayudarla a gritar, a huir, a sacar el dolor afuera frente a los puzles. Después de todo, eran puzles y venían desmontados. Nuestra vida estaba hecha pedazos y temía que acabáramos también en cajas. Mi madre, curiosamente, pegó el brazo del Niño Jesús con el pegamento de papá y volvió a colgar la Virgen en el cabecero de su cama sin haber cumplido su función, matarle.

«¿No te hacían de pequeño arroz con leche?» Marcos salió hacia el pasillo y me quedé paralizada en la cocina, abrí el grifo y eché agua en la cazuela donde había hervido la leche con el arroz. Los restos habían empezado a quedarse pegados y resecos. Marcos puso música en el comedor y me acerqué a mirar disimuladamente… Estaba encerrado en sí mismo frente a la estantería, apoyado ligeramente sobre una pierna y tocándose con una mano el flequillo, que le rozaba ya las pestañas. Le entendí desde una tímida distancia. Había cogido una de sus caracolas y estaba escuchando la voz interior, esa voz que susurran las caracolas de mar a los que saben escucharlas. En silencio me volví a la cocina y cerré la puerta despacio..., como la cerraba mi madre.

20

Cuando le llamé, tuve que despertarle entrando en su habitación. Los fotógrafos de la sesión de moda que iban a realizar en casa me habían dicho que fuera «preparándose el actor» mientras ellos iban subiendo los focos y el resto de los trastos a la casa. Yo había dejado listo el comedor, echando atrás las sillas y la mesa junto con el sillón del medio. Todos los objetos pequeños los había metido en uno de los cajones del mueble blanco para que no rondaran entre el jaleo. Marcos estaba dormido profundamente y me devolvió un «sí, ya voy» con los ojos cerrados. Ni se acordaba de la sesión que iban a hacerle.

Me presenté a los chicos que venían en grupo de la revista esa que tantas veces había visto en el salón.

—¿Queréis café o algo? —les ofrecí.

Marcos estaba duchándose rápidamente.

Ellos aceptaron. Puse la cafetera a calentar y corrí las cortinas como uno de los fotógrafos me pidió. Sacaron varios paraguas plateados, grandes como sombrillas de playa, que dispusieron delante de la estantería. Crucé los dedos porque me daba mucho reparo que se abriera un paraguas bajo techo, otra de las herencias de la abuela. No quise ocultar mi malestar al ver el despliegue de cables y cajas que soltaron sobre el parqué. No había visto semejante acontecimiento para «unas fotos», según me había explicado Marcos. Aquello era la cosa más sorprendente de ir y venir de chicos, todos jóvenes, que murmuraban posiciones y comentarios que no entendía. Iba una chica rubia muy ceñida diciendo que le dejaran espacio para poner todos los maquillajes, los peines y el secador sobre la mesa.

—Tomad el café. Os lo dejo en esta jarrita, poneos lo que queráis.

—¿Tiene sacarina? —me preguntó la ceñida.

—Sí, y azúcar moreno.

—Mejor sacarina.

Se presentaron todos con nombres que no parecían nombres, toda una serie de pequeños diminutivos así como ingleses o de perro. Evité memorizar por ahorrarme preguntar y fui a la puerta de la habitación de Marcos.

—Están desplegando una buena en el comedor, ahora verás —dije. Se sonrió y, sin embargo, parecía triste. Más mayor, más maduro. Estaba tan guapo como nervioso. Los de las fotos empezaron a organizar todo con una rutina que no se ajustaba al excesivo ceremonial de trastos que había allí extendido. Marcos se sentó a las órdenes de la ceñida, que era maquilladora y peluquera. Lo puso muy moreno y muy despeinado, más de lo que me parecía normal. Pensé que no había hecho falta que se hubiera arreglado porque ahora estaba peor, lleno de laca y mechones sobre su frente totalmente tiesos.

—¿Os importa que me quede aquí? —dije al ejército de modernos.

Me quedé allí parada mirando porque nadie me contestó, solo uno que buscaba enchufes tras el sofá y que iba con una camiseta enorme y rota soltó algo amable. Temí que se manchara la pared con tanta caja metálica y esos paraguas abiertos. El secador hacía mucho ruido y subieron la música para que se escuchara también. En resumen: más bulla. A veces, Marcos me buscaba con la mirada entre los extraños y yo intentaba abrazarle desde la puerta. Había algo diferente. Un silbido de complicidad entre los dos. Las fotos empezaron en cuanto uno de los chicos, el más frágil pero más alto, dijo que tenía todo «okey», era el fotógrafo. Los otros disparaban flashes de luz con unos aparatos manuales que iluminaban la sala a fogonazos en pequeñas detonaciones.

—Begoña, pasa con nosotros.

Pasé a cambio de ir limpiando lo que iban tirando y me quedé lo más alejada del jaleo. Hacían muchas fotos y siempre había algo que no les gustaba. Eso era lo más raro, lo más chocante de todo. Siempre les parecía bien la sonrisa de Marcos, pero alguno ponía alguna pega a la luz, de algo que llamaban «actitud» o expresión. Yo no pintaba nada, pero si me hubieran pedido opinión, habría dicho que se callaran, que le dejaran estar, ¡cómo no iba a estar nervioso con tanto chisme y tanta opinión! En ningún momento se quejó, a pesar de la murga que daba la ceñida y el flaco del dispositivo. La rizada de nombre cortito iba tirándole de la camiseta verde por la espalda como si nunca le parecieran bien al fotógrafo las arrugas que le salían. Una foto y se acercaba, otra foto y retocaba, la siguiente y otra vez. Así todo el rato. Y el del paraguas quejándose de que le pisaban los cables.

—¿Queréis que la planche? —me ofrecí.

—Señora, es así, no hace falta.

Estaba arrugada como un trapo. Normal que les incomodara tanto la dichosa camiseta para las fotos. Marcos me sacó la lengua cuco y advertí que se estaba burlando de ellos, de toda la feria.

—Dame agua —me dijo entre la música y los flashes. Le pusieron otro conjunto de ropa sin que decidiera si le gustaba o no, a mí particularmente en absoluto porque le prefería con camisa y pantalones antes que con un andrajo de tirantes sobado. Pensé que era moderno, como ellos. En la barra de la cortina habían colgado varias prendas, todas por el estilo. Retales de mercadillo que trataban como oro en paño y que elogiaban con excesivos aspavientos. A Marcos, para no agobiarle, dejé de hacerle pucheros desde la puerta. A él le daba igual una cosa que otra, tenía la misma respuesta, la misma sonrisa a medias cuando le decían las estilistas: «Te gusta, ¿verdad?».

Sonó el timbre. Era ella.

—Abre, Begoña.

—Voy, voy.

Yo me contuve porque mi madre me había enseñado a contenerme y a mirar al infinito cuando no quisieran dolerme los disgustos. Intenté sonreírle pero no pude. Fui hacia la entrada a abrir la puerta. Diez, nueve, ocho, siete, seis... Y volví a contar como contaba mi abuela, sujetándome el pecho, que es como decir reprimiendo la verdad. Cinco, cuatro, tres... Me había pasado la mañana mirándole posar ante los fotógrafos de moda. Estaba eufórica, sobre todo entusiasmada ante la Vida porque me sentía orgullosísima de él, me sentía dichosa como jamás me había sentido en la vida. Su triunfo era mi triunfo, verle sonreír ante los desconocidos, brillar como una estrella de la gran pantalla que elogiaban y aplaudían era maravilloso. El chico más bello del mundo estaba ante la mujer más insignificante y, sin embargo, más importante de su vida. No necesitaba apuntarlo en mi libreta..., pero necesité abrirla cuando tuve ocasión para apuntar una única palabra. Feliz.

—¿Es que nunca vas a enseñarme fotos del abuelo? —pregunté a la abuela mientras nos mecíamos juntas en la entrada de casa.

—El abuelo ya no está.

—¿Por qué?

—El abuelo se fue.

—¿Cuándo?

—Un día.

Ahí se quedaban las dudas. Ella seguía haciendo ganchillo sobre las faldas del sayo negro y respiraba hondo, entre dolida y satisfecha. Envaraba la respuesta —«un día»— con respeto pero sin levantar la vista de la labor. Por su gesto y su mirada entendía que había algo más en la callada de su respuesta. Tal vez era su secreto, como todas las mujeres de la familia empezábamos a guardar irremediablemente un secreto en los bolsillos. Yo quería tener abuelo, quería que me llevaran a la feria en septiembre como iban el resto de las niñas, con ropa a estrenar y lazo ancho. Pero ni estrenaba ropa ni me llevaban a la feria en comparsa familiar. Iba solo con ella, cuando tocaba, a sentarnos en la fuente y beber agua. Quizá entonces percibí que las mujeres del pueblo no miraban bien a mi abuela, esperaban a que pasaran los perros para pasar ellas y dejaban caer alguna cosa como un pañuelo para retardar sus andares. Me pareció notar que a mi abuela le tenía sin cuidado porque me apretaba la mano fuerte, más fuerte aún que de costumbre, y tiraba adelante hacia la alameda del mar con disciplina. Eso no se lo pregunté porque a mí no me gustaba que me preguntaran por mis amigas y, en vez de hacer evidente que me daba cuenta, le decía:

—Qué feas son las mujeres del pueblo, abuela. Tú eres guapa, guapa como mamá. Me da igual cómo nos miran.

—Son mujeres. Las entenderás.

No se lo pregunté, pero la densidad de la frase era un relato de medianoche que me inquietó y deseé crecer rápida mente. Hacerme mayor a toda prisa. No creí entonces que pudiera entender la realidad de la frase y renuncié a ella. Si de algo estaba segura es de que iba a crecer como crecen los rabos de lagartija. El día menos pensado tendría edad para entenderlo todo. Por qué nos miraban mal, por qué susurraban a nuestro paso. Con esperar a crecer bastaba. Pero eso no se sabe de pequeña. Me metí a buscar fotos del abuelo en la despensa, donde había un gran baúl de madera vieja que escondía telas, cajas y trastos oxidados. Escudriñar entre los bultos del cajón era lo más apasionante de mi infancia, podía salir manchada de hollín o con unas monedas machacadas en el bolsillo. Todo era susceptible de embriagarme, de hecho, recuerdo perfectamente el olor del baúl: alcanfor, matamoscas y humedad.

—¿De dónde has sacado ese llavero? —me interrogaba la abuela si me pillaba jugueteando con mi capital.

—De ningún sitio.

—¿De ningún sitio? —insistía.

—No, no.

—Niña, niña…

Ella sabía que registraba el arcón de madera cuando no estaba, que aprovechaba los momentos de ausencia y las misas de tarde; pero —evidentemente— si me dejaba hacerlo, o no rechistaba al sospechar de mi exploración, es que allí no iba a encontrar nada. No valía la pena buscar. Allí no me tropezaría con las fotos que buscaba. Estaba claro. Así que el baúl dejó de tener interés y comencé con los altillos del armario empotrado de la escalera. Allí siempre había restos de telas bien dobladas, cuadros, rayas, lunares, terciopelos..., y ovillos de lana con el instrumental para hacer punto. La caja de hilos se guardaba en ese lugar también.

—¿Te encuentras bien? —preguntó con expresión inquisidora la abuela.

Yo acababa de cerrar el armarito de un portazo.

—Sí, sí, estaba aquí. Sentada.

—Ya te veo que estás aquí. Anda, déjame que guarde una cosa.

Visualicé la clave de mis inquietudes en su mano. Tardé solo unos instantes en advertir el ovillo violeta que yo había deshecho y rehecho entre sus dedos. Lo llevaba como los niños que tocan los peluches, mimándolo. Tragué saliva y respiré llenando los pulmones hasta el tope de oxígeno. Podía esperarme lo peor. Por ejemplo, que hubiera sentido que ya no crujía en el interior el papel porque la carta la tenía yo. Tampoco sería raro que distinguiera en mi mirada la mirada del pánico. Ella me descubría si el temblor me cegaba, pero empecé a contar..., diez, nueve, ocho, siete..., seis..., cinco...

Miré entre sus dedos comprobando que las dimensiones eran idénticas a las que tenía antes. Entonces ocurrió lo que tenía que ocurrir: la abuela me apartó suavemente, abrió la portezuela forrada de papel y dejó el ovillo violeta entre sus pertenencias con litúrgico esmero. Nada más. Si seguía allí, pensé, es que era el lugar donde se abrazaba de vez en cuando a sus recuerdos de amor. Me aparté y tuve otro de aquellos presentimientos que tendría de mayor. El amor de verdad no se olvida. Tal vez solo nos enamoramos una vez.

Y, bien, las fotos seguían sin aparecer. Me equivoqué al creer que ese era el único secreto de la abuela, ella, que sabía mirar con los ojos cerrados. Había sido abandonada por el amor, pero ¿quién había sido el que la llevó al altar? A mí lo que me extrañaba era que la abuela no tuviera fotos de boda como las tenían las tías o las vecinas, por eso empecé a recelar de nuestro árbol genealógico. ¿Y si nunca se había casado? ¿Y si mi madre era adoptada? ¿Y si yo también era adoptada? ¿Y si nadie éramos familia? En lugar de buscar parecidos físicos, tan evidentes entre nosotras, prefería desconfiar hasta que encontrara las fotos de boda que me atestiguaran la realidad y dejaran de preocuparme.

—¿El abuelo te quería mucho?

—Ángeles, qué manías tienes de vez en cuando...

—Y... ¿querías mucho al abuelo?

«Qué bien se va, cuánta ilusión, ir a caballo así, como Napoleón...», tiritaba de frío buscando fotos en el desván mientras cantaba una canción para disimular, como si estuviera jugando en el columpio de cuerdas. Porque el miedo que ofrecía el tugurio de polvo y muebles viejos era infinitamente menor que la posibilidad de encontrar algo tras la leña. Deseaba que apareciera la prueba. ¡Las pruebas! Pero cogí unas anginas terribles que me duraron semanas de convalecencia en mi cuarto. Quizá fue el frío, quizá los nidos de palomas que habitaban entre las vigas y que soltaban plumas y mierda en el suelo del desván. Ya era una detective mala, como volví a serlo muchos años después rondando diariamente la casa de Marcos. Allí, abrigada en la cama, mi madre me dijo que dejara de preguntarle a la abuela por el abuelo, que no me aficionara tanto a los jeroglíficos familiares, que «no hacía falta».

—¿Por qué, mamá?

—Porque a la abuela no le gusta hablar, lo sabes. Quiérela mucho.

Alrededor del cabecero de mi cama empezaron a visitarme los fantasmas. Me ataban con cuerdas violetas que me aplastaban la carne en el cabecero conforme me iban rodeando con la lana. Eran señores, hombres sin cara que me tapaban la boca y que si los tocaba, se deshacían en arena de playa. Los fantasmas venían por el pasillo, de frente; pero cuando los veía llegar, la garganta se me anudaba y me resultaba imposible emitir sonido alguno. Respiraba agitada y me tapaba con las sábanas y el cubre de ganchillo, que se transparentaba en sombras con la luz que entraba por la persiana. Sentía cómo llegaban esos hombres, dirigidos por uno más alto y más guapo que susurraba aire al acercarse a mí con las cuerdas violetas. Cuando quería gritar y podía, mi madre se alteraba desde la habitación contigua y venía a salvarme con un vaso de agua en la mano.

—¿Has tenido una pesadilla?

—No, era... un hombre.

—Bébete el agua. Me quedo contigo.

El apagón de luz lo obligaba mi padre con gritos reales desde su habitación. Los fantasmas me daban más miedo que él, menos mal. A mi madre no. Nunca supe hasta qué punto eran producto de la fiebre o del «estirón» que estaba dando, según decían las tías. «Esta chiquilla va a ser más alta que el difunto.» Se decía entonces que el oído se agudizaba al pasar a la adolescencia y yo amplié la circunferencia de radio lo suficiente como para saber que «el difunto» era mi abuelo y que yo iba a ser tan alta como «el difunto».

Años más tarde, cuando conocí el cementerio, supe dónde estaban las fotos.

21

«Módulo nueve, cerramos puertas.» El altavoz con el aviso sonó metálico. Toda la electrónica de la prisión se puso en marcha para que las reclusas nos aisláramos en las celdas para pasar la noche. Mis fotos se iluminaron en la pared casi a la vez.

—Háblame de Gonzalo.

—Qué quieres que te cuente…

Gaby estaba comiéndose las uñas y yo, repasando mis fotos de Marcos, una a una. La casa podía pasearla con solo tocar el recorte de las caracolas.

—Qué pasó con él.

—Me enamoré perdidamente porque nunca había estado enamorada. Desde el día que llegué a Cadaqués mi forma de entender la vida se descolocó. Yo venía de otro mar, había visto cómo nada era fácil en mi familia y tenía ganas de ser feliz. Supongo que eran más las ganas y la realidad. Cuando me besaba, era como si me dieran todos los besos de golpe, como si no fuera a besar a nadie nunca más.

—¿Era guapo?

—¿Gonzalo?

Gonzalo era muy guapo. Demasiado guapo. Yo le llamaba Ricardo Corazón de León. Me abrazaba como si fuera a matarme de un zarpazo, como si fuera a quedarme desmayada en su pecho. Solía entrar a la ducha, en una que me gustaba usar en verano, una en el patio interior que daba de frente a una pared de helechos..., preciosa, la hizo él en sus ratos. Allí el agua salía caliente porque teníamos un depósito en el tejado, al sol, y caía por la presión hasta el «hamam», lo bautizó así. Me duchaba después de subir de la playa para quitarme la arenisca del pelo y de los pies, pero no me dejaba. Entraba impaciente a enjabonarme a la fuerza, más impaciente que cariñoso, vestido o desnudo. Todavía siento su presión... Lo había olvidado. Al principio me gustaba, luego ya no. Luego ya no. Nada. No me fue gustando nada. Cerraba los ojos y escuchaba el sonido del agua salada en las rocas de la playa, imaginaba cómo las piedras se mojaban y se secaban, se mojaban y se secaban sin voluntad. Era mi forma de llorar.

Ya no jugábamos a ser amantes, él jugaba a que yo fuera su amante. Colgó una campana verde en la entrada, que según me dijo era por el poema de Neruda, y la hacía sonar si yo estaba lejos, en el eco del hierro en la bahía me entraba la prisa y aceleraba el paso para volver a casa. En casa —iba a decir «en su casa»— me arreglaba para él, siempre tenía que estar dispuesta a salir a caminar por la bahía o a tomar un agua con gas en el Casino de la playa. Echaba de menos el cine, la pantalla gigante, la oscuridad de los diálogos, que me aprendía de memoria, la música de los títulos de crédito, los actores, las palabras de amor ajenas. Algunos ratos me escapaba a buscar caracolas como las de mi pueblo, pero no me gustaban porque les faltaba el susurro de mis caracolas y optaba por quedarme sentada entre las barcas varadas volviendo a lanzar las caracolas sordas al mar.

—Cuando te fuiste, ¿dijiste algo?

—Nada, me fui. Me largué caminando carretera arriba. Ciento diecisiete curvas.

En ese momento mi voz sonó oscura y no respondía a la nitidez de los recuerdos que estaba contándole a Gaby. Las curvas de cuando llegué ilusionada se me habían trenzado en la garganta. Para deshacer el nudo tuve que huir. Me asombré de lo transparentes y precisos que son los olvidos cuando no quieres hablar. Asomé un poco la cabeza por la reja de la celda para coger aire. Frío. Seguí hablando:

—Aquellos días él siempre estaba oliendo a sudor. El mismo olor a sudor que siempre hacía mi padre. Tuvimos que pintar una de las habitaciones que él tenía llenas de libros. Los sacamos todos al comedor y fuimos distribuyéndolos por la casa; Gonzalo construyó una estantería de obra en el pasillo de la entrada y después de enjalbegarla empezamos a pasar allí todos los libros de la habitación. Los ordenamos y clasificamos como decía él. Yo todo empecé a hacerlo como decía él.

—Y... ¿esa habitación?

—Yo estaba embarazada.

22

Me vestí de negro, como si fuera una proyección de la sombra de mi madre, que también iba de negro. En la iglesia de Santa María estaban las cuatro primeras filas llenas de vecinas y la familia del pueblo, arremolinada en bloques, a la izquierda los hombres, a la derecha las mujeres. Como de costumbre. Olía a velas, a cera derretida sobre el mármol que goteaba desde la peana del santo; pero también olía a perfumes de vieja mezclados como en los mercados. Mi padre se quedó en casa fumando frente a un puzle y las dos caminamos solas a esperar el ataúd. Tal vez sería con ánimo de templar un poco el carácter, que no cambiaba, y mi madre lo excusó explicándome que «a papá no le gustan los entierros». A mí tampoco me gustaban los entierros, sobre todo ese, porque se me acababa de ir la abuela y tenía todavía muchas cosas que contarle. Se me fue sin haber podido despedirnos y, lo que era peor, sin decirme bien dónde estaba la clave para saber quién me convenía. Quién me convendría a lo largo de la vida. Su ojo clínico con el que me decía «no» o «sí», «come de eso», «deja de gritar» o «bebe agua antes de que te venga la sed»... Se fue sin decirme por qué los flanes eran tan esponjosos... y quiénes eran los fantasmas que venían por la noche a mi habitación. Quise odiarla. No obstante, no era capaz.

La caja estuvo abierta durante toda la ceremonia y no dejé de mirarle el pecho a la abuela, por si respiraba. Se me hacía imposible que estuviera con los ojos cerrados y no moviera la mano para apartar las moscas como en verano o retocarse los pendientes, asegurándose el cierre de la oreja. Pese a mis quebraderos en primera fila, se mantenía quieta. Su adiós no podía haberme gastado la mala pasada de dejarme sin saber dónde estaban las fotos, sin explicarme el por qué de todas mis dudas, sin decirle te quiero... Sin embargo allí estaba. El pelo se lo peinó mamá con su peine bueno, el que nunca usaba y siempre estaba brillante sobre la cómoda de su habitación. Le retiró el cabello hacia atrás, bien tirante con colonia, y con horquillas le sujetó un moño bajo para que no le bailara la cabeza en la caja, según recomendó una de las vecinas al entrar a casa.

—Si lo haces muy arriba, acabará mirando a un lado, se le torcerá la cabeza.

Mi madre no respondió, pero hizo caso. La amortajaron abrazada a una cruz metálica y con los pies atados con un lacito. La expresión de sueño («parece que está dormida», decían) se convirtió en calma fantasmal y con el transcurso de las horas sentí que se transformó en fastidio. Yo conocía a la abuela. Así, desplomada en la madera, me resultaba desconocida, como si hubieran metido allí a otra muerta y mi abuela fuera a esperarme en la cocina, de espaldas a la puerta y preparando flanes de huevo esponjosos y dulces.

No respiraba.

Era evidente que no.

Me cuesta hablar en pasado.

La tía Esmeralda, beata de nacimiento, pasó la bandeja de las limosnas y leyó en el altar como lo hacía siempre, engolada y mística. Para mí que era la querida del cura, tal y como decían en la calle, porque no dejaba a nadie más que a ella cambiar el agua de los jarrones de misa, ni tocar las ropas blancas de los altares, ni abrir los cepillos, de los que además guardaba la llave en su monedero, ni poner ofrendas fuera de donde dijera ella. Era el ama. Y la abuela tuvo que retorcerse de los siete males porque no la soportaba, aunque tampoco lo manifestaba verbalmente. Nunca lo había dicho. Yo lo sabía por cómo se miraban. Lo intuía. Como sabía también que aparecerían las fotos del abuelo, con el que al final se casó y nacimos todos cargados de genes.

La abuela no se movía. El cura hablaba machaconamente. Mi madre me cogía de la mano y no llorábamos nada porque ella ya había llorado todo y, en mi caso, empecé a saber llorar muchos años después. Nos despedimos de la abuela en la sacristía cuando nos explicaron que iban a tapar la caja con los cierres.

—¿Queréis un segundo a solas? Aunque ya está todo hecho y el Señor está con ella —nos dijo el cura.

—Está bien —dijo mi madre.

Nos quedamos las dos. Las tres. Silenciosas. Parecía que estábamos ensayando para salir huyendo juntas camino de la playa o de la alameda. Mi madre le quitó el anillo y se lo puso ella como ensartándose a una vida nueva. Yo entendí que acababa de dejar de ser hija para ser solo madre, mi madre. Al sentarse en la butaca de la sacristía me saqué del bolsillo el ovillo violeta y, mirando a mi madre —que no entendía qué estaba haciendo—, se lo coloqué a la abuela entre las manos y le quité la cruz.

—Adónde vas con eso, Ángeles..., qué haces.

—Es de la abuela.

—Ya sé que es de la abuela, pero no es necesario...

—Esto sí, mamá.

Y eso fue todo porque en ese momento entró el cura a reclamarnos para recoger todo el protagonismo y cerrar la caja junto con dos hombres y la tía Esmeralda. Me quedé mirando el cuerpo inerte y sentí que su pecho se deshinchaba ligeramente. Por supuesto que no dije nada más. Mi madre, exhausta, no quiso pedirme ninguna explicación porque ya era tarde y no había tiempo ni palabras para justificar nada. El cura ni se enteró de que había quitado el crucifijo...

Una vez en la calle, nos acompañaron a casa mientras los hombres se llevaban el ataúd al cementerio.

—¿Queréis algo más? —preguntó entristecida la vecina.

—No, tranquila, está bien.

—Si necesitáis algo, ya sabes dónde estoy.

—Nos vamos a quedar en casa, apenas hemos dormido.

—Ángeles, ¿quieres venirte con mis hijas? —dijo mirándome y girándose después a mi madre—. Así te quedas sola y te la quito de en medio por si tienes que arreglar papeleo.

—No, no. Prefiero que estemos juntas —respondió mi madre, gracias a Dios, sacando las llaves del bolso y abrazándome con complicidad.

Mi madre y yo no volvimos a hablar de la abuela hasta que meses después fuimos a ponerle flores en la lápida del cementerio. Justo el 31 de octubre, un día antes de Todos los Santos. Llevábamos gladiolos y claveles, rojos y blancos. Me pareció que mi madre tenía algo que decirme porque cuando intentaba sacar el tema de la abuela, se ponía nerviosa y volvíamos a hablar de las flores y de las lápidas de alrededor.

Gané la batalla al arrodillarme a colocar los gladiolos en la jardinera que había bajo los dos nombres.

—Mamá, la abuela no estuvo enamorada del abuelo, ¿verdad?

—Tú no conociste al abuelo.

—Ya lo sé, pero no lo quería. Lo he oído muchas veces.

—Era un hombre fuerte.

—¿Por qué no hay fotos, mamá?

Y ahí fue cuando mi madre liberó su ansiedad al hablar de los hombres de la familia como nunca volvió a hacerlo en toda su vida.

—Porque las rompió todas.

—... las rompió —repetí.

—La abuela no quiso saber nada más.

—En el pueblo dicen que la abuela fue diabólica.

—¡Nunca han dicho que fue eso!

—Que lo llevó a la cárcel... y por su culpa lo mataron.

Mi madre se echó a llorar cuando solté la metralla a dos metros de los nombres grabados de mis abuelos en mármol negro. Los gladiolos que tenía entre las manos se cayeron al suelo y a mí me pareció que los fantasmas se aparecían de nuevo a nuestras espaldas. Mi madre, sin dejar de llorar, se había alejado un poco hacia los pasillos de los nichos. Sentí miedo pero me giré hacia ella, estábamos solas, rodeadas de muertos.

—Mamá, al abuelo no lo conocí porque lo metieron en la cárcel...

—Calla.

—... porque la abuela lo delató para que lo encerraran. Fue una chivata.

—La abuela no fue una chivata.

—No es justo, mamá. ¿Por eso rompió sus fotos?

—Tu abuelo..., tu abuelo...

—¿Qué, mamá?

—Tu abuelo...

Se oyó mal pero fue muy clara. La poca luz que quedaba de sol acababa de sucumbir en colores rojos, hacía frío. Sollocé, mamá me había respondido en voz baja mirándome: «Tu abuelo era como papá». Entendí todo lo que significaba esa frase gélida rodeada de muertos, de lápidas numeradas y de flores frescas recién cortadas para el día de Todos los Santos. La abuela había pedido que nunca la enterráramos junto al abuelo porque quería no volvérselo a encontrar nunca, pero «yo no podía hacer eso», dijo mi madre desvanecida por los recuerdos. Siguió hablándome. Sin freno ya.

Mi abuelo había sido como mi padre y sentí que el puzle de mi vida empezaba a deshacerse por un portazo del cielo. El infierno en este caso había sido común a las dos. Lo delató por rojo. Fue a la cárcel por rojo. Y lo fusilaron. Y mi abuela se quedó tranquila, aunque corrieran mil voces por el pueblo.

Porque entonces no pasaba nada porque un hombre maltratara a una mujer. Pero llegaban a matarte si no pensabas igual.

—Yo le pregunté muchas veces por qué lo hizo —me intentaba explicar mi madre—. Se lo pregunté a tu abuela una noche sí y otra noche también, pero optó por callar. Ella me dijo que no soportaba más, que no le soportaba más, que estaba cansada, que el infame del abuelo le pegaba constantemente. Y la abuela, enferma de él, no se lo pensó dos veces.

Mi madre repitió las palabras de mi abuela: «Me planté en el cuartel amoratada; aquellos uniformados, aquellos hombres, nunca habrían entendido que era un infierno y no entenderían que quería pedir ayuda, por eso utilicé las razones de los hombres para sacarme del problema».

El frío congeló el cementerio.

Mi madre me besó a modo de posdata. Yo sabía algo más que ella, tenía la carta del único hombre que amó mi abuela. Esa carta y esa información que me contó mi madre me aseguró la libertad moral para amar. Pero también para buscar solución a mis problemas.

23

Módulo nueve.

—Entonces, ¿qué pasó con Gonzalo?

—Le maté.

TERCERA PARTE

EL CINE

24

> «Lo que no se hace consciente se manifiesta en nuestras vidas como destino.»
>
> C. G. JUNG

Ocurrió entonces algo que no esperaba ni remotamente. Marcos me dijo que le acompañara a comprar, que fuéramos juntos los dos.

—¿Y eso?...

Tras dar varias vueltas en su habitación, se había puesto un abrigo azul que me recordaba a mi abrigo azul de entonces, uno marinero de botones grandes y capucha. Yo iba con mi jersey de cuello vuelto, la bufanda enredada y los guantes que me regaló la Luisa, unos suyos que usaba en misa para no tocar las velas ni los bancos usados por las viejas de su edad. Creo que era de los meses más fríos de los últimos años en la capital, un otoño que se estaba agarrando a la piel calando hasta los huesos. Se notaba incluso desde los balcones de Marcos, la gente se frotaba los brazos y, al respirar, soltaban bocanadas de neblina. Era el único chico de Madrid que podía tener más frío que yo en estos días de otoño. Había bajado de peso en las últimas semanas, tal vez por eso tenía más frío, justo los kilos que yo estaba cogiendo, de la felicidad, pensé. Para el día de Todos los Santos quería preparar en casa una fiesta de Halloween —disfraces y calabazas al estilo de los americanos— para sus amigos y la gente del cine.

—Ayúdame, Begoña —me pidió consejo para organizar la comida—. He pensado que podías preparar dulces de los tuyos y llenamos la mesa del salón de placeres golosos... —dijo.

Ahora había llegado el momento de disfrutar de él con todas las ganas y, a lo mejor, volver a meter la cabeza en la pila bautismal de la iglesia donde me refresqué el día que salí del horno de Matilde (es un decir) feliz como una perdiz. Para sentirme nueva, viva. De repente, sin aviso previo —mucho mejor—, me había pedido ir juntos al mercado, acompañarle para decidir las compras y todos los ingredientes para hacer eso que llamaba «placeres golosos».

—Será mejor, porque hacer una lista va a ser más complicado y acabaremos por olvidar algo.

—Miramos todo y lo que se nos ocurra..., bueno, lo que se te ocurra. Vamos viendo y vamos comprando.

—No tengo problema. ¿Quieres pan de Calatrava?

—Claro, y caramelos, y copas con arroz con leche..., todo eso que sabes hacer.

—Pero se van a hartar de dulce.

—Mejor. El dulce crea buen rollo.

—Pues… tienes razón. Preparo una cena toda de dulce para tus amigos. Me parece bien, un poco empalagoso, pero bien.

—No te creas. Yo creo que el dulce es necesario. Más que lo salado. De sal ya vamos sobrados. Y de azúcar más bien poco. ¿No crees, Begoña? Yo cuando estoy algo depresivo, necesito urgentemente algo de chocolate, me cambia el ánimo. He llegado a bajar al quiosco en pijama con tal de comprarme algunas chocolatinas… con urgencia, como si fueran letales los minutos. Chocolate, chocolate, chocolate…, corriendo a por chocolate.

—Ni te cuento.

—Yo creo que los días son más felices con dulce.

—*Los días más felices,* como tu película.

—… Y por eso lloramos sal, si fuera al revés lloraríamos azúcar. Todo lo celebramos con pasteles, con caramelos. Hasta el postre va al final, como la gran sorpresa que es, sin embargo, deberíamos ponerlo al principio.

—A lo mejor lo de dejarlo al final es porque lo bueno sucede al final.

—Tal vez, pero para qué esperar a que llegue.

—¿Quieres que haga tarta de manzana? ¿Peras al vino?

—¿Sabes hacer natillas?

—Hacemos natillas.

Quizá la abuela y mamá estaban haciendo todo, cocinando desde no sé dónde, para que yo ahora no cometiera sus errores.

Tras aquel «no cortes las rosas, déjalas que crezcan y mueran en su sitio», había ido dando palos de ciego con tal de matar el hechizo. Ahora aparecía la posibilidad de darle esquinazo a la genética y cicatrizar mis faltas. Lo peor que me podía pasar era continuar en una situación circular que acentuaría mi angustia provocada por la trayectoria de las mujeres de mi familia.

Marcos saludó con un beso a una de las mujeres que venían del mercado, iba con su niña.

—Blanca, ven, ponte con el señor, es un actor famoso —dijo. Le hizo una foto con su pequeña y luego le pidió que firmara un autógrafo en un papel de la cartera.

—Muy guapa la niña.

—Y tan rica... No sabe cuánto. Muchas gracias, que tenga mucha suerte siempre en el cine. Me gustó *Los días más felices*.

—Gracias.

Marcos y yo seguimos caminando. Tras permanecer en silencio unos segundos, me miró y dijo:

—¿Lo ves? A mí también me dicen de usted. Es mera cortesía.

—Ya, pero cuando eres joven no sienta mal.

—Bueno..., suena bien.

—Ya verás cuando seas mayor.

—... Me lo dices como una madre.

Seguí mirando al frente, directa al supermercado. Temiendo que todo lo que iba a cocinar dulce me fuera a salir salado. Me daba miedo verme reflejada en alguna marquesina y descubrirme temblorosa.

—No eres mayor... ¿Cuántos tienes? —dijo Marcos mirando a los dos lados de la calle antes de cruzar.

—Veinticinco más que tú —conseguí decir.

—O sea..., hago cuentas. Entonces tú tienes...

—¡No hagas cuentas! —le corté—. Tengo veinticinco más que tú.

Marcos me miraba sin entender.

—Ya sé que es de mala educación preguntar la edad, pero me hace gracia que hayas hecho las cuentas y hayas restado la diferencia entre los dos. Qué gracia.

—Sí. Las tengo hechas... desde hace tiempo.

Y pronuncié su nombre con delicadeza, como mimándolo pensativa:

—Marcos.

—Ya sé, ya sé... No debo preguntar la edad. Nunca se debe preguntar la edad, sobre todo la edad de las mujeres. Me lo decía mi padre.

—¿Tu padre?

Me pareció que la calle se abría en canal y me entró una fatiga nerviosa. Por primera vez Marcos me hablaba de su familia; yo nunca había querido preguntarle porque tenerle cerca, cocinarle, planchar su ropa, verle dormir por las mañanas cuando llegaba antes de hora a casa, su casa, me resultaba suficiente para vivir. Sobrevivir. No estaba segura de si debía insistir en preguntar por su padre, «qué raro era todo», pensé. El tiempo en el que yo no debía cortar las flores del jardín había pasado, pero presentí a la abuela cruzando el semáforo con nosotros, un escalofrío, diciéndome:

«Niña, sentirás el momento en que la canela debe romperse para echarla a hervir con la leche, no hace falta que te lo diga, es una sensación, tus sensaciones son las que moverán tus actos». Era la imagen exacta de lo que debí haber hecho durante años, esperar a sentir el momento, me gustara o no. Miré a mi lado, de donde me venía el escalofrío, por fortuna no se aparecía nadie, porque habría asustado a los que también estaban cruzando por el paso de cebra. La abuela me perseguía con sus plegarias. Dije su nombre completo para mis adentros a modo de invocación silenciosa: Begoña Rojo. Pensé que así ella apreciaría mi cariño desde la distancia y me ayudaría.

—Así que tu padre... te dijo que no preguntaras nunca la edad a una mujer.

—... Ummm. Sí. Hablaba muy bien siempre de las mujeres. Y eso que...

—¿Qué?

—Nunca tuvo una mujer. Siempre ha vivido solo.

No estaba segura de entenderlo todo, pero me di cuenta de que había algo más en la necesidad de hablar de Marcos.

—Mi padre ha sido de pocas palabras.

—Ya.

—Un hombre muy silencioso.

—Casi todos los hombres son así —le dije.

—¿Poco habladores?

—Sí. Poco habladores. Y los que hablan al principio, al final no dicen nada... Es como si se agotaran, como si la pila de lo sentimental tuviera una caducidad distinta a la nuestra.

Siempre estás pensando que te van a decir algo más de lo que sueñas que te van a decir. Pero solo lo deseas, porque ese hombre del que te enamoraste se esfuma. Las mujeres nos acostumbramos con el tiempo, si te fijas, las parejas de jubilados acaban todas silenciosas, mirándose en las cenas, apenas se dan los buenos días, las buenas tardes, las buenas noches... Se va mitigando.

—¿Tú crees?

—El tiempo nos va callando, a todos. Pero sobre todo a nosotras.

—A lo mejor tienes razón. Pero el silencio no es malo.

—Según a qué silencio te refieras.

—Me gusta ese silencio en el que no hace falta decirte nada, en el que todo se sobreentiende.

—Ese es de amor —dije.

—¿Y tú qué silencio dices?

—Yo hablo del silencio por agotamiento, el que hace olvidar las palabras que se dijeron. Es la pérdida.

—Ese es de daño —dijo.

—Yo lo llamo silencio violeta. Las palabras que iban a decirte se quedan escondidas. Un día, los hombres cambian. No sabes cómo, no sabes cuándo llega, pero llega. Y todos nos callamos.

—Virginia es muy habladora ahora.

—¿Quién es Virginia? ¿La chica de los labios gruesos?

—¿¡Cómo la has llamado!?

—... La chica de los labios gruesos.

Marcos empezó a reírse.

—La verdad es que tiene los labios demasiado gruesos. Son falsos. Bueno, son de silicona.

—Hinchados.

—Demasiado tal vez. Yo creo que no me siente cuando me besa. Que el plástico nos separa en lo más básico, los besos. Hay una barrera artificial, me estoy dando cuenta últimamente.

—Pero... ¿la quieres?

—No lo sé.

—Perdona que te lo haya preguntado, no debo meterme, no es cosa mía.

—No importa. No lo sé. No lo sé...

—Dicen que si no lo sabes es que no. Cuando se quiere se sabe.

—Yo estuve enamorado de otra chica. Pero la dejé, lo dejamos. Y, sin embargo, sigo queriéndola. En su momento estaba convencido de que debía dejarla, le parecía que el cine era cosa de famosos y de estrellas y ella no se veía en este mundo. Pensé que si no entendía mi mundo, acabaríamos no entendiéndonos nosotros. Pero... no es así. La sigo echando de menos. ¿Cómo puede ser, Begoña? Si yo la dejé voluntariamente...

—Porque el dolor no tiene memoria. Uno no siente el dolor más que en el momento, al día siguiente no se recuerda. Y ahora solo recuerdas lo bueno.

—El dolor no tiene memoria. Qué curioso... Tienes razón. Con la chica de los labios gruesos, como tú dices, con Virginia, no sé qué siento. Me acompaña, me entretiene, me divierte..., sí, pero nada más. Le gusta mi mundo, siente fascinación por el cine, pero creo que le gusta más que yo.

—Y...

—No sé, no sé adónde vamos. La verdad es que tiene bemoles la historia. Nos conocimos bajo los Seguros Ocaso, el edificio de la glorieta de Bilbao, ya sabes. Era un 16 de septiembre, a las siete menos cuarto, llovía..., la cubrí con mi paraguas porque me reconoció por un amigo suyo. A mí me pareció la escena más romántica del cine y pensé que se había hecho real. Como si fuéramos...

—*Los paraguas de Cherburgo.*

—Justo. Qué guapa es Catherine Deneuve...

—Mucho.

—Sin embargo yo creo que la relación nació muerta. Bajo los Seguros Ocaso. Qué paradoja, ¿verdad? Por mucha escena romántica bajo el gigantesco paraguas negro, la esquina del edificio Ocaso era una señal, pero no me di cuenta. Por eso no creo que vaya a más. Bueno, por eso o por los labios. Yo qué sé. Te lo estoy contando y siento que ya se acabó. A veces, hasta que no verbalizamos lo que pensamos no somos conscientes de lo que pasa alrededor. Uff. Ahora es como si me hubiera quitado un peso de encima.

—Tal vez la culpa la tienen los labios.

Lo dije con un tono amable, pelín cáustico, para quitar drama a sus pensamientos acerca del desengaño. Marcos permaneció unos segundos en silencio, parecía que se había relajado al contarme lo de Virginia. Quizá lo que acababa de contarme era una forma de confesión religiosa, esas que andan atragantadas, pero sin penitencia alguna porque me sonrió.

—Seguramente, demasiado ficticios —asintió Marcos al entrar al mercado. El olor a pan del sótano subía hasta la planta baja, era intenso como las castañas asadas que empezaban a verse ya por las calles en aquellos días. Nos quedamos en el primer puesto de frutas para comprar granadas, naranjas y manzanas rojas. Lo llevaba todo anotado en mi libreta, en la que al principio había anotado horarios y costumbres de los anónimos. El día era frío y el mes era frío y el otoño estaba siendo frío. Pero en esa sucesión de recuerdos que se agitaban en mi cabeza no conseguía que se me congelaran los míos. Mis recuerdos no se enfriaban. Quiero decir que, mientras me hablaba Marcos, sentía que me estaba emocionando demasiado y no era de esas que saben disimular. De puro nerviosa. Llevaba veinticinco años intentando congelar un recuerdo y esto no ayudaba demasiado. Porque en ese momento lo que me estaba pasando era que se me estaban deshilachando las costuras del disfraz. Descongelando. Descongelando. Descongelando. Descongelando. Cuando rascas el hielo de los recuerdos, aparecen dentro todos los olvidos que han sido almacenados voluntariamente (o no), ahí se han quedado archivados por cortesía de la memoria, que actúa de forma diplomática año a año. Sin embargo no hay más que sentir un poco de calor cerca —con una canción, con un aroma, con una mirada, con una pregunta— para que empiecen a descongelarse involuntariamente sacándolos afuera.

Marcos no se daba cuenta, pero me acababa de empujar escaleras abajo buscando mi pasado.

Hay un momento de nuestras vidas en que decidimos proteger todo lo que no nos gusta con hielo, ignorándolo bajo cero, sin saber que enfriando lo mantenemos todo de manera intacta. Es el archivo fatal, el que parece invulnerable para hacernos vulnerables con los años. Una canción a destiempo destroza. Una palabra también. Los más mayores, pienso ahora en mi abuela, al final de sus días optan por dejar todos los recuerdos al aire, sin la protección del frío que los mantiene callados. Como la carne, al aire se van pudriendo, olvidando, desgastando, fermentando..., pero nosotros, ahora, no podemos porque tenemos miedo. El frío mantiene.

25

Módulo nueve. Prisión.

—Ahora empiezo a tener frío.

—Pero aquel día Marcos... ¿sospechó?

26

—Tal vez todos los hombres no somos así.

—¿Cómo? —le respondí mientras nos acercábamos al puesto de las harinas.

—Hablabas del silencio violeta, de que los hombres con el tiempo nos callamos. Estaba pensando. Algunos buscamos otras formas de hablar. Mira mi padre. Él buscó el cine para contarme cosas.

—Qué bonito —dije. Sentí el frío limándose en mi corteza de hielo.

—De hecho, como hablaba poco, ha conversado conmigo siempre a través del cine. Ha sido nuestra forma de hablar. Sentados juntos en las butacas, desde niño. Su fascinación por ir a ver películas ha sido la clave para que yo hoy sea actor... Soy actor por él. Por haber invocado tantas veces a san Cary Grant. Me entra risa, pero es verdad. Me llevaba todos los fines de semana a ver películas y, en coche, a veces íbamos hasta Valencia para colarnos en el «cine de antiguo», así lo llamaba él; a uno en el que solo ponían películas en blanco y negro. Algunas con un sonido espantoso, pero geniales. Luego, comentábamos la película. «Un día serás actor», me decía al acostarme. Y mírame.

—¿Sí?

—Para dormirme me recitaba frases de películas; nunca me leyó cuentos…, nunca. Es que ni te imaginas la memoria de mi padre para repetir frases de grandes clásicos. Ni te imaginas, Begoña… Ha sido un gran hombre, un buen tipo. Callado pero bueno.

Murmuré casi inaudiblemente:

—Un buen tipo.

—Sí. Un buen tipo. Ahora estará contento, hoy soy actor, ¡soy actor! Lo he conseguido. Y encima me llamo como él, así que cada vez que salga mi nombre en las revistas él se sentirá orgulloso. Marcos Caballero. Me hace gracia. El día que pusieron mi cartel gigantesco en la Gran Vía me acordé de él, su nombre, mi nombre, allí en letras enormes, mi estreno, su estreno… en medio de la gente, es como si los dos hubiéramos sido actores a la vez. Los dos juntos. Él tenía tantas o más ganas que yo de que estudiara cine, de que me metiera en una escuela de arte dramático y me convirtiera en su Cary Grant. Antes de que empezara la película ya me decía: «Elige papel, tú eres uno de ellos». Y yo elegía. Me hablaba del cine eligiendo títulos. Pero, sobre todo, insistía en que yo debía ser actor. Entonces me parecía que me estaba hablando de algo que solo sucedía a gente con nombre, a las estrellas, esos que aparecían en letras en los carteles…

Confía en el azar, me decía. Me he convertido en un actor por azar, te parecerá mentira, pero hay una fuerza invisible que me ha ido acompañando. Llevaba razón: el azar. Lo cierto es que tiempo después caí en la cuenta de que aquella sala tuvo la culpa, conocimos al maquinista del cine de antiguo, ese al que íbamos... y, ya ves, cosas del azar..., yo creo que el azar me ha perseguido toda la vida.

Justo eso, pensé. Y Marcos siguió deshelándome...

—Siempre ha habido algo extraño, como premonitorio, que me ha dado el ánimo para seguir, justo cuando la cosa se pone gris... ¿Sabes, Begoña? Cuando todo parece que ya no, pues ahí sale la luz. De tanto ir al cine mi padre se hizo proyeccionista, Héctor (lo recordaré siempre porque me recordaba a Héctor Alterio) se puso enfermo y mi padre y yo le recogimos en la escalerilla de las máquinas. La gente estaba ya en la sala, el público a tope, todo lleno. Yo cogí un taxi y me lo llevé al hospital y mi padre se subió a la salita y proyectó la película... Era..., me acuerdo perfectamente, *La ventana indiscreta*. Nadie echó en falta al hombre, el pobre nos dio las llaves del cuarto y pudimos seguir poniendo películas sin que los del cine se enteraran. El cine no paró. Y yo empecé a ver como mías las películas. Mi padre y yo nos quedábamos sentados horas, callados.

Tras aquella confesión de Marcos, pensé que no me saldría dulce ninguna de las recetas que me había propuesto para su fiesta. Ya lo sé, me entró miedo. Dios y el diablo estaban juntos en cada una de las palabras. Mi madre habría cerrado la puerta de la cocina, mi abuela se habría puesto a cocer leche de cara a los fogones…, con el vaho llorando en los azulejos. ¿Y yo? Mi posibilidad de articular alguna palabra bien era peregrina, había llegado a la meta del recorrido que empecé aquel día en la Gran Vía. *Los días más felices*. Estreno 29 de agosto. El bucle de mi vida estaba cerrándose. Miré cómo se componía el cartel y apareció su cara llenando toda la fachada del cine Avenida, su nombre, sí, su nombre. Marcos Caballero. Yo, desde la otra acera, temblando de nervios y de felicidad, me desvanecí empapada en sudor. Como ahora. Otra vez.

En el pasillo del mercado se montó un gran círculo de gente, al abrir los ojos estaba rodeada de desconocidos abrigándome con sus miradas. No estaba segura de si me había desplomado, si habían sido unos segundos, unos minutos, una hora… diez, nueve, ocho, siete, seis, cinco, cuatro, tres, dos… El dos era mi número favorito.

—Begoña, ¿estás mejor?

Balbuceé un «sí» ante la mirada de los otros, que empezaron a marcharse del lugar.

—¿Qué te ha pasado? Te has caído. Yo creo que has tropezado con las cajas sin querer.

—Sí, he tropezado.

—¿Has desayunado algo?

—Un café.

—Un café no puedes desayunar. Vamos a tomarnos algo. Los dos. Hala, vamos. En Rocablanca te vas a comer unos churros como ningunos, Santiago nos pone una mesa, nos comemos media docena y salimos tan campantes.

Al llegar a la cafetería me volví a reflejar en el escaparate, esta vez ya no solo era Holly Golightly, de *Desayuno con diamantes,* era todas las mujeres que habían salido por la gran pantalla desde la invención del cine porque no había ninguna criatura en el mundo más feliz que yo. Y más desorientada. Aun así evité tararear la canción *(Moon River)* y preferí sacar de mi memoria otra película.

—Mire, señor Jeffries, no soy una mujer de estudios, pero puedo decirle una cosa...

Marcos me miró alucinado.

—*¡La ventana indiscreta!* —dijo aplaudiéndome—. Es una frase de *La ventana indiscreta,* qué genio Hitchcock. ¡Te sabes el texto de la película!

—... cuando un hombre y una mujer se gustan el uno al otro, se unen así: ¡pa!, como si fuera un choque entre dos trenes, y no se quedan sentados analizándose mutuamente.

Marcos siguió el juego y continuó la frase.

—Hay un modo inteligente de enfocar el matrimonio...

Yo seguí:

—¿Inteligente? Nada ha causado tantos problemas a la humanidad como la inteligencia. Antes conocías a alguien, te gustaba y te casabas. Ahora se leen muchos libros, se emplean palabras de cuatro sílabas y se psicoanaliza a la otra persona hasta que no se distingue entre una relación amorosa y unas oposiciones al ayuntamiento.

Marcos se quedó callado. Yo me quedé callada.

—Eres un ser excepcional —arrancó a decirme—. Me acabas de recordar a mi...

—Qué va. —Hice como que no escuchaba.

—¿Te la sabes? Claro que te la sabes.

—Tengo más, pero para recordarlas tendré que comerme primero uno de estos churros. Qué hambre tengo, debe de ser el frío.

—Te lo había dicho, son los más sabrosos de Madrid.

—... Yo también iba mucho al cine, Marcos. Iba cada tarde, me compraban la entrada, fila diez, siempre fila diez, mirábamos la película y nos volvíamos a casa. Pero en mi caso era distinto.

—¿Por qué?

—Tal vez nunca supe entender al hombre que me llevó a ver las películas. Yo me aburría porque pensaba que me llevaba porque no sabía qué decirme. Y yo, entonces, solo quería cortar rosas...

—¿Qué quieres decir?

—Yo quería volar.

—Qué bonito, Begoña. Yo aprendí a volar mirando películas una y otra vez, papá se convirtió en el proyeccionista y me las vi una y otra vez, una y otra vez, hasta aprendérmelas... Tengo grabado en la memoria la violencia con la que aquellos rollos daban vueltas en la máquina, ese «clic» al pararse, el bufido del ventilador directo a la cara... ¡Qué poco moderno era aquel cine!

—Yo hace mucho que no voy al cine.

—Pero mi película sí que la has visto.

—Sí.

—¿Y te gusta?

—Cómo no me vas a gustar, estás genial. Estoy convencida de que harás muchas y de que las harás mejores.

—Eso quiere decir que no te gusta del todo.

—Claro que me gusta, ¡claro! No quería decir eso. De hecho tengo que decirte que fui al estreno, bueno..., pasaba por la calle y lo vi. Os vi a todos. Tú ibas de negro, muy guapo.

—Es verdad, iba de negro. Pero me quité el traje al acabar la fiesta, me sentía demasiado importante y me cambié. Qué lujo de noche, qué nervios, era como si todo se hubiera hecho realidad, entré al cine sin darme cuenta ni de la gente que me gritaba, que gritaban mi nombre, «Marcos, Marcos». Pensé en mi padre, en que decían su nombre, para evitar los nervios y la sensación absurda de entrar por aquella alfombra roja... No fui consciente de lo que me estaba pasando porque estas cosas yo pensaba que solo pasaban en las películas... Ha sido un golpe de suerte, Begoña, he sido actor por suerte. Igual que mi padre un día se puso a hacer de proyeccionista, yo igual. Un día me cogieron en uno de esos castings.

—Te la mereces. Te mereces todo lo bueno que te pase. De hecho, solo deberían pasarte cosas buenas. Y que tu padre... vea que has sido Cary Grant.

—Ojalá.

—No dudes de tu suerte, eres un pedazo de actor, una persona ejemplar y tienes una gran luz. No dejes que nadie te la apague, Marcos. Y encima eres guapo.

—Francamente, te lo agradezco. Al final, el miedo de ser lo que he soñado me da vértigo, por si me fallo. Por si le fallo a él.

—¿Lo sabe tu padre?

Titubeé. Se abrió la puerta del Rocablanca y entró una ráfaga de frío hasta la mesa en la que estábamos sentados. Me llegó olor a canela, a rama recién rota entre los dedos. En ese instante sonó el móvil de Marcos, pero prefirió no cogerlo, «se está aquí a gusto». Volvió a sonar y anotó en una servilleta varios números. Eran los días de los ensayos de su segunda película, tenían que dictarle las horas de recogida. Seguimos hablando como si no hubiera existido la pregunta anterior.

—Volar no ha sido sencillo —añadí yo justificándome—. De entrada he tenido que perder muchas cosas en el camino.

Me dieron ganas de decir: he perdido hasta mi nombre. Pero seguí:

—Me atemorizaba quedarme parada en mi pueblo, abrir las ventanas y volver a ver cada mañana las mismas casas y a las mismas personas. El mundo atroz era aquel mundo, el que me ahogaba sin poder escapar. Mi vida se quedaba atrapada en la calle de mi casa, la calle de mi abuela, la calle de mis tías, la calle de las tiendas, la calle del mercado, la calle del puerto...

—¿Hay mar en tu pueblo?

—Sí. Un pequeño puerto de pescadores, ridículo pero útil. Y una playa estrecha en la que me sentaba a pensar cuando buscaba caracolas...

—Qué pasada.

—Tal vez, pero yo quería escapar. Me devoraba la ansiedad de irme, de huir de allí para no ver en lo que se estaba convirtiendo mi madre. Creo que... estoy hablando demasiado... Háblame de tu padre.

—¿Sabes a qué me recuerda esto? —me dijo Marcos acercándome el último churro del plato.

—...

—*Tener y no tener,* con Humphrey Bogart y Lauren Bacall. «Sabes que conmigo no tienes que fingir, no tienes que decir nada y no tienes que hacer nada, nada en absoluto o tal vez solo silbar. Sabes como hacerlo, ¿verdad? Tienes que juntar los labios y soplar.»

Me estaba recuperando del vahído, de manera que, como quien dice, mi cuerpo y mi cabeza empezaban a ir por el mismo camino. Por eso volví a repetir la pregunta.

—¿Y tu padre?

—Mi padre tenía ganas de que fuera actor, a veces me silbaba bajito desde el ventanuco de la proyección y yo sabía que esa escena que venía a continuación era para memorizar, así lo decía él. «Guárdala, guárdala...» Yo ponía todos los sentidos y, desde mi butaca, repetía los gestos, imitaba las acciones, recordaba las frases..., incluso me las apuntaba a oscuras en una libreta que todavía guardo. Ahí están frases de *El sueño eterno,* de *Casablanca,* de *Anna Karenina,* de *Atrapa a un ladrón...* Buff..., ni te imaginas..., a veces creo que soy el niño de *Cinema Paradiso.*

—«De donde yo vengo, las personas nunca te desilusionan...»*

---

* *La rosa púrpura de El Cairo.*

—¿Cuál es esa? De qué película es... No me sale... Me suena... ¿De qué peli?

—¡Ah!

No sé cuántas veces lo repitió preguntándomelo, hasta que de pronto se dio cuenta de que era un juego para alborotar la complicidad que había nacido entre los dos.

—Mi padre... —arrancó de nuevo a decirme— quería que yo hiciera cine, pero por una razón muy básica. Y ¿sabes por qué? Porque decía que así un día me tropezaría con mi madre. «A tu madre le gustaría verte ahí —me dijo—. Seguro que un día te ve en la gran pantalla y sonríe por ti.» Mi madre coleccionaba caracolas, le gustaba oír los sonidos que emiten cuando las acercas al oído. Es lo único que conservo de ella, no tengo fotos. Solo sus caracolas... Me las guardó mi padre en una caja, son las que están en el salón. A veces cojo una y creo escucharla, como si me hablara y confiara en mí. Mi padre hacía lo mismo, las cogía y decía que escuchaba su voz. Decía que mi madre se parecía a Romy Schneider. Te habría gustado conocerlo.

—...

27

Aquel día de Todos los Santos me propuse que todo me saliera dulce, que no hubiera una sola lágrima que me cambiara el sabor de los platos. Cociné todos los postres que habíamos pensado: arroz con leche, pan de Calatrava, tarta de manzana, caramelos de azúcar, flanes de huevo, natillas de frutas, granadas con miel, peras al vino, buñuelos de viento... Cuando todo estuvo listo en los platos, llamé a Matilde para contarle por teléfono qué iba a hacer esa mañana. Me sirvió de ensayo descongelarme con ella. Los platos los tapé con otros platos, doblé toda su ropa recién planchada, puse unas flores en la entrada y bajé la basura.

Me abrigué y me fui caminando hasta la comisaría donde me había renovado el carné. Veinticinco años después, confesé mi crimen ante la mirada atónita de los policías...

—«El mar a veces no devuelve los cadáveres porque no tiene ganas. Voy a ser clara y no les voy a entretener ni cinco minutos. Aquella noche en que le empujé desde el faro después de dejarme besar hacía mucho viento, tanto que hasta los recuerdos buenos se me volaron. Le empujé queriendo. No recuerdo nada más. Yo fingí en el pueblo durante semanas que le esperaba a que volviera a casa, sin ningún miedo, porque no había de volver. Pero los vecinos no sospecharon porque las mujeres sabemos mentir, más cuando estamos embarazadas.

... /...

»Sigo. Estaba ya de siete meses. Quedaba poco. Esperé a que naciera el niño para volver a escapar. Lo dejé junto al hombre bueno con el que estaba casada todavía. Lo recuerdo como si fuera hoy. ¿Puedo beber agua?

... /...

»Entré en mi casa, abracé a mi madre, que no consiguió abrir la boca al verme llegar con un niño en brazos. Hice lo que debía haber hecho tiempo atrás. Dar un portazo fuerte para que se desmontaran los puzles del salón a mi salida..., con fuerza. Se desmontaron todos. Del golpe. Mi madre se quedó callada pero aliviada, seguramente. No sé qué decirles más. El parto fue un parto bueno.»

Los policías me miraban callados, como suelen callarse los hombres que no tienen nada que decir.

En casa de Marcos se quedó un olor intenso a azúcar quemado, a los vapores del flan caramelizado, a la leche hervida con canela, a las peladuras del limón rallado, a las pieles de las manzanas, a la masa de la levadura, a la miel, al vino hervido... Todo el olor a dulce que, como decía mi abuela, cambiaba los estados de ánimo. Me fui hasta el salón y cogí una de mis caracolas, la más grande. Era una que me regalaron unos marineros al acabar la faena en la lonja, tendría yo doce años. Escribí una carta para Marcos y la doblé todas las veces que pude, hasta dejarla hecha un cuadradito para poder meterla por la boca de la caracola. Si el tiempo juega a su favor, a mi favor, un día sentirá que dentro hay un «ovillo violeta» con todo lo que nunca he podido decirle: Que me hubiera gustado vestirle de comunión, que le habría guardado su primer diente de leche, que yo también sabía cuentos para dormir, que habría remendado sus jerséis, que habríamos tenido tiempo para memorizar las tablas de multiplicar, que habría estado en la primera fila de la función de Navidad, que no habrían faltado besos, que podía haberle enseñado a pintar, a cocinar buñuelos, a buscar la Osa mayor en el cielo y ponerle su nombre a una estrella mientras se dormía. Doblé todo lo que pude esa carta. Todo lo que pude. «Querido hijo...»

NOTA DEL AUTOR

Cuando acabé de escribir esta novela, quiso el azar que el Instituto Cervantes de Madrid expusiera la colección de caracolas más bonita que existe. La del chileno Pablo Neruda. De pronto, frente a una de ellas, mi madre y yo nos quedamos mirando una minúscula nota manuscrita del poeta. Neruda había guardado en el interior de una de las caracolas una insignificante nota. «Encontrada por mí en la playa de Mocambo, México, nov, 1942.» ¿Significó algo más aquella caracola?